JN043488

「恭順を誓え。
——おまえを、花嫁にしてやる」
久遠崎彩禍《くおざきさいか》
——世界最強の魔女にして、
魔術師養成機関〈空隙の庭園〉の
学園長。

「女には駄目だとわかっていても戦わねばならないときがあるのです……！」
「よろしく頼むよ、皆」
不夜城瑠璃《ふやじょうるり》
——彩禍直轄機関〈騎士団〉の一人。
彩禍と兄である無色のことを偏愛している
〈庭園〉の生徒。

「彩禍様は明日より――
生徒として、この学園に通われます」
「五月蠅《うるさ》い。
あとにせい」
「どうやら手加減は
いらねェみてェだなァ……？」
アンヴィエット・スヴァルナー
――〈騎士団〉の一人。
騎士でありながら彩禍に好戦的な
〈庭園〉の教師。
烏丸黒衣《からすまくろえ》
――彩禍の従者。
〈庭園〉内で彩禍の死を
知る唯一の人物。
エルルカ・フレエラ
――〈騎士団〉の一人。
医療部の責任者で〈庭園〉の中で
彩禍に次ぐ最古参の魔術師。

「あの、黒衣？　これは一体……」
玖珂無色《くがむしき》
――彩禍の身体と力を引き継いだ少年。

「お静かに。手元が狂います。
——いえ、口元が、でしょうか」

「あのとき現れたのが、君で、よかった」

CONTENTS

King Propose
brilliant colors witch

王様のプロポーズ
極彩の魔女

橘 公司

ファンタジア文庫

3113

口絵・本文イラスト　つなこ

王様のプロポーズ

極彩の魔女

健やかなるときも、病めるときも。

喜びのときも、悲しみのときも。

富めるときも、貧しいときも。

死でも二人を分かてない。

——だから君に、託すと決めた。

King Propose

brilliant colors witch

序章　初恋

――初恋の人は、死体だった。

「――――」


鼓動とともに、吐息が漏れる。

玖珂無色《くがむしき》は、胸の中に渦巻く感情が何なのか理解できず、その場に立ち尽くした。

無色は別に猟奇殺人者でもなければ死体愛好家でもない。

少なくとも今まで人を殺したことはなかったし、死体の写真を収集したこともなかった。

どちらかといえばそういったものに対して、人並みの忌避感を持っていたといっていい。

けれど今、彼は目の前に現れたそれから、目を離せずにいた。

その――仰向けに倒れた、血塗《ちまみ》れの少女から。

歳《とし》の頃は一六、七といったところだろうか。

あどけなさを僅か残しながらも、微《かす》かな色香に指をかけ始めた顔立ち。

街灯の明かりを浴びて、金とも銀ともいえない色に煌《きら》めく長い髪。

固く閉ざされた瞼《まぶた》のため、その双眸《そうぼう》の色こそ知れなかったが、それが却《かえ》って彼女の整った鼻梁《びりょう》や形のよい唇を際立《きわだ》たせ、どこか人間離れした、磁器人形《ビスクドール》のような美しさを強調しているように思えた。

そして、そんな彼女の容貌を彩《いろど》るかのように、胸元に真っ赤な薔薇《ばら》の如《ごと》く血が滲《にじ》み、今もその領地をゆっくりと広げていたのである。

それは。

凄惨で、

残酷で、

猟奇的で——

目眩《めまい》がするくらい、美しい光景だった。

嗚呼《ああ》、そうだ。もう疑いようがない。

きっと生涯で初めて、無色はその少女に——

——恋を、してしまったのだ。

「………………、き、み、は――」
「……っ！」
数瞬のあと。
呆然《ぼうぜん》と立ち尽くす無色を我に返したのは、そんな、今にも消え入りそうな声だった。
そう。地に倒れた少女が、辿々《たどたど》しく言葉を発してきたのである。
――まだ、生きている。
無色は己の早とちりを恥じた。
そしてそれ以上に、彼女に命があることに安堵《あんど》した。
「大丈夫ですか⁉　一体何があったんですか⁉」
無色は肩を震わせると、彼女の隣に膝を折り、そう呼びかけた。
未《いま》だにわからないことばかりであるし、頭は混乱しっぱなしだ。
けれど、彼女を助けねばならないという使命感が、辛《かろ》うじて冷静さを保たせていた。
少女が、うっすらとその瞼を開く。
様々な色を映す幻想的な双眸が、無色の貌をゆっくりと撫《な》でてきた。
「……は、は――、なるほど……、これは、また……
ああ……でも、そうだな……最後に現れたのが……君で……よかった……」

「え……？」

少女の言葉の意味がわからず、無色は顔を困惑の色に染めた。

失血のために意識が朦朧《もうろう》としているのだろうか。無理もないことだ。今すぐしかるべき処置をせねばなるまい。

けれど、ここには医療設備などないし、無色にも医療の知識などはない。救急車を呼ぼうにも、先ほどから電話は繋《つな》がらなくなっていた。

となれば、無色が彼女を担《かつ》いで病院に連れていく他ないだろう。

だが、この様変わりしてしまった世界の中、一体どこへ向かえばよいのだろうか。

「――――！」

そのとき。背後から微かな足音が響き、無色は顔を上げた。

誰かはわからないが、僥倖《ぎょうこう》だ。何をするにも人手が足りなかった。無色は応援を要請するために振り返ろうとした。

だが。

「……っ、いけない。逃げ――」

「――あ――」

少女が言いかけた次の瞬間。

胸に生まれた燃えるような痛みに、無色は呆然とした声を漏らした。

胸元に視線を落とす。そこには、少女と揃《そろ》いの赤い花が咲いていた。

そこで、ようやく理解する。

――自分が、背後に現れた何者かに、胸を貫かれたのだと。

「う、ぁ……」

それを認識した頃にはもう、身体《からだ》は上手《うま》く動かなくなっていた。

視界が明滅し、手足が痺《しび》れる。

ただ激痛のみが全身を支配し、呼吸さえもままならない。

無色は姿勢を保つことさえ困難になり、少女の隣に横たわるような格好で倒れ込んだ。

「…………」

無色を刺した何者かが立ち去っていくのが、足音で知れる。

しかし今の無色には、犯人を追うことはおろか、その姿を確かめることさえ困難だった。

ごぷ、と喉から血が零《こぼ》れ、頬を伝って地面に流れ落ちる。

激痛に蹂躙《じゅうりん》されていた意識が、少しずつ薄れていく。

触覚に膜が張り、味覚が消え、嗅覚が鈍り、視覚がぼやける。

けれど、そんな曖昧な感覚の中、朧気《おぼろげ》ながら感じられることがあった。

隣に横たわった少女が、最後の力を振り絞るように這《は》いずり、無色の身体に覆い被《かぶ》さってきたのである。

「……すまない。巻き込んで……しまったね。

だが……こうなってはもう、仕方がない。最後まで……付き合って、もらうよ――」

少女はそう言うと、無色の頬に手を添え――

無色の唇に、己の唇を重ねてきた。

「――――」

少女の血と、己の血。

二つの血の味が混じった凄惨なファーストキス。

けれど身体の感覚を失いつつあった無色は、それに碌《ろく》な反応も示せなかった。

意識が完全に途絶える寸前。

最後に残った聴覚が、囁《ささや》くような少女の言葉を聞いた。

「――君に、わたしの世界を託す――」

第一章　融合

「ん……う……」

無色《むしき》が目を覚ましたのは、豪奢《ごうしゃ》な天蓋付きのベッドの上だった。

数度瞬《まばた》きをしたのち、ぐるりと辺りを見回す。

広い部屋だ。壁際《かべぎわ》にはアンティーク調の棚やクロゼット、枕元には小洒落《こじゃれ》た照明が置かれている。高級そうな絨毯《じゅうたん》の敷かれた床に、カーテンの隙間から差し込む光が、キラキラと線を引いていた。

瀟洒《しょうしゃ》な寝室での、うららかな目覚め。なんとも優雅なことである。

問題といえば——目に映るもの全てに、まったく見覚えがないことくらいだった。

「ここは……」

ぽつり、と呟《つぶや》く。寝起きのためか軽く耳鳴りがして、自分の声さえあまりよく聞こえはしなかったけれど。

無色は頭に疑問符を浮かべながら、思考を巡らせた。

──自分は玖珂《くが》無色。年齢は一七歳。東京都桜条市《おうじょうし》に住む高校生だ。それは覚えている。

眠りに落ちる前の最後の記憶は……家への帰り道。

そうだ。無色は学校から帰宅している最中だった。こんな場所で目覚めるということは、その際何かがあったということだろうか。

……何者かに拉致された？　車に轢《ひ》かれ天国にやってきた？　酒に溺れ行きずりの女と一夜をともにした？　……どれも現実味がない。

ということは、まだ夢を見ているのだろうか。

無色はぼんやりとした意識のまま頰をつねってみた。あまり痛くはなかったが、これが本当に夢なのか、指先に力が入っていないだけなのかは上手く判別できなかった。

ともあれ、このままここにいても仕方あるまい。

無色はベッドから降りると、そこにあったスリッパを突っかけ、そのままよたよたという足取りで扉を開けて、部屋を出ていった。

と──

「え……？」

そこで、無色は思わず目を丸くした。

部屋の扉を通ると同時、まるで瞬間移動でもしたかのように、無色を包む景色が様変わりしてしまったのだ。

天には太陽と青空。地にはまっすぐに延びた舗装路。道の合間に噴水や街路樹などが配置され、申し訳程度に自然が差し挟まれている。そしてその道の先には、壮麗かつ豪壮な屋舎が、玉座に座する王の如く泰然と聳《そび》えていた。

無色の知るそれとはまるきり異なる様相ではあったが、どことなく、学校施設のような風情《ふぜい》を漂わせる景色である。

無色は突然のことに戸惑い、後方を見た。

だが、先ほどまで無色がいた寝室は、影も形もない。

一体何が起こっているのか理解できず、無色はふらつく頭に手を置いた。

「……やっぱり、夢？」

しかし、いつまでもそうして思い悩んではいられないようだった。

理由は単純なものである。ここには、先ほどの部屋と異なり、ちらほらと人の姿があったのだ。

学生だろうか。揃いの制服を纏《まと》った少年少女たちが、前方の巨大な建物に向かって歩みを進めている。

そしてそのうち数名が、突然現れた無色に驚いてか、その場に足を止め、目を丸くしていた。

「あ――」

無理もあるまい。突然虚空《こくう》から人間が現れれば驚くのは当然だ。……まあ、一番驚いているのは間違いなく当の無色本人ではあったけれど。

とにかく、今は自分が不審者でないことを説明しつつ、ここが一体どこなのか情報を得ねばならない。

無色はもっとも手近にいた女子生徒に向き直った。

「あの――」

が、無色の言葉を最後まで聞くこともなく。

「――おはようございます、魔女様」

その女子生徒は、恭《うやうや》しく礼をすると、そう挨拶をしてきた。

「……え?」

予想外の反応に、目を丸くする。

すると周囲にいた他の生徒たちも、遠巻きにではあるが次々と会釈《えしゃく》をしてきた。

「おはようございます」

「ごきげんよう、魔女様」

「今日もお綺麗《きれい》ですね」

「…………？」

生徒たちの言葉に、無色はキョトンとその場に立ち尽くした。

否《いな》、それだけではない。後方から現れた教師と思《おぼ》しき壮年の男性までもが、

「おはようございます、学園長先生」

と、丁寧に挨拶をしていった。

――魔女様。

――学園長先生。

今し方かけられた聞き慣れない言葉に、さらに無色は首を傾《かし》げた。

少なくとも、今までの人生でそう呼ばれたことはない。

というかどちらも、無色のような男子高校生を指して言うような呼称ではないように思われた。

「……ん？」

と、そこで。

困惑の中、なんとはなしに自分の身体を見下ろし――無色はようやく気づいた。

自分の足が、見えない。

もっと正確に言うならば、目と足の間に障害物があり、視認を阻害している。

「なんだ……これ」

胸元に備わった、見慣れぬ大きな塊。

無色はしばしの間考えを巡らせたのち、おもむろに両手でそれに触れてみた。

「ん……っ⁉」

瞬間、手に柔らかな感触が伝わる。

と同時に、胸に微《かす》かな、甘い刺激が生じた。

「こ、これって……」

明らかに、作りものではない。

この柔らかなものは、無色の身体から生えている。

というか、それを触る手や指も、無色の記憶にあるものよりも細く、白い色をしていた。

「…………」

一連の情報を統合し、無色はその場から駆け出した。

道の中央に設《しつら》えられていた噴水に至り、その水面《すいめん》を覗《のぞ》き込む。

そして、そこに映し出された『自分』の顔を見て、無色は言葉を失った。

それはそうだ。そこに映っていたのは、見慣れた男子高校生の姿ではなく――

長い髪と極彩の双眸《そうぼう》を持った、美しい少女の貌だったのだから。

「――――」

そう。間違いない。間違えようがない。

無色は今、女の子になっていたのだ。

控えめに言って、意味がわからない。先ほど目覚めてから不可思議なことばかり起こっているが、これは極めつきだ。夢にしたって荒唐無稽が過ぎる。

けれど――もっと正確に言うならば。

無色が言葉を失ったのは、自分の姿が少女になっていたから、という理由だけではなかった。

もっとシンプルで、もっとロマンチックで、もっと馬鹿馬鹿しい理由。

無色は、まるでギリシャ神話のナルキッソスのように、水面に映った『自分』の姿に見蕩《みと》れてしまっていたのである。

半ば無意識のうちに、己の頬に触れる。

とくん、とくんと、心臓の鼓動が大きくなっていく。

視覚を通して送られた情報に、脳が蹂躙《じゅうりん》されていくかのような感覚。

それは、なんとも信じがたく、なんとも恐ろしく——なんとも甘い感情だった。

もちろん見目は麗《うるわ》しい。切れ長の双眸。整った鼻梁《びりょう》。艶《つや》やかな唇。それら全てが奇跡のようなバランスで配置された、至高の芸術品と言っても過言ではない。

けれど、それだけではない。

それだけでは、この凄絶な感情に説明がつかなかった。

嗚呼《ああ》、今ならばわかる。無色は不思議な感慨と確信を覚えた。

——きっと先人は、この言い様のない感情の奔流をどうにか表そうと、『恋』という言葉を作ったに違いない、と。

「君、は……いや、俺、は……？」

呆然《ぼうぜん》と呟き、無色は小さく息を詰まらせた。

その顔を見た瞬間、それを起点にするように、失われていた記憶が思い起こされたのである。

そうだ。自分はこの少女を知っている。

なぜ忘れていたのだろう。無色は意識を失う直前、彼女に出会っていたのだ。

胸に血の花を咲かせた、この少女に——

「――ここにおられましたか」

と。

そこで、背後から鈴を転がすような声がかけられ、無色はハッと顔を上げた。

「え……？」

後方を見やると、いつの間にかそこに、一人の少女が立っていることがわかる。

短い黒髪を引っ詰めにし、黒い服を纏った少女である。無色の顔を覗き込む双眸も、これまた黒曜石のように黒々と輝いていた。

「……、俺、ですか？」

無色が自分を指さしながら言うと、その少女は何かを察したように、しかし表情を変えぬまま続けてきた。

「失礼。記憶の共有はされていないのですね。余程逼迫《ひっぱく》していたのでしょう。

――わたしは烏丸黒衣《からすまくろえ》。あなたが今なられている、お方の侍従を務めております。万一の事態に備え、対応を言付かっておりました」

言って、恭しく礼をしてくる。

無色は勢いよくそちらに向き直った。

「……！　何か知ってるんですか？　教えてください。この子は一体誰なんですか!?」

無色の問いに、黒衣と名乗った少女は、小さくうなずいてから答えてきた。

「そのお方は久遠崎彩禍《くおざきさいか》様。――世界最強の魔術師であられます」

「な――」

その衝撃的な情報に、無色は思わず目を見開いた。

そして胸に生じた衝動のままに、言葉を漏らす。

「なんて……素敵な名前だ――」

「………………、は?」

「え?」

黒衣と無色は、互いに不思議そうな顔をしながら首を傾げ合った。

◇

噴水前の出会いからおよそ二〇分後。

無色は黒衣に連れられ、舗装路の先に聳えていた巨大な建造物――中央学舎の中へと移動していた。

最上階。入り口に『学園長室』の文字が記された部屋である。近代設備の整った広い空間ではあるのだが、壁一面の本棚に詰め込まれた古めかしい装丁の本や、辺りに散乱した古道具などが、部屋の印象を雑多なものに変えていた。

そしてその中で無色は、自分の事情を説明しながら——

なぜか姿見《すがたみ》の前に座らされ、後ろに立った黒衣に、丁寧に髪を梳《す》かれていた。

曰《いわ》く、寝起きで乱れた御髪《おぐし》のまま外を出歩かれては困ります、とのことだ。

「——なるほど。学校の帰り道、奇妙な空間に迷い込み、そこで血塗《ちまみ》れの彩禍様に出会った。そして何者かに襲われて意識を失い、今に至る——と」

黒衣が無色の言葉を復唱するように言ってくる。無色は小さく「はい」と答えた。

「奇妙な空間というのは、具体的にどのような」

「えっと……なんていうんでしょう。背の高いビルがいっぱい並んで、迷路みたいになってる感じというか……」

無色が身振りを加えながら説明すると、黒衣は微かに眉根を寄せた。

「……第四顕現——やはり魔術師……しかしそんな空間を形作る者など……」

「え？」

「いえ。ありがとうございます。概《おおむ》ね事情は把握できました」

黒衣は誤魔化すように頭を振ると、手にしていた櫛《くし》をテーブルに置き、フリルのついたリボンで無色の髪を括《くく》ってみせた。

姿見の中の美少女が、さらなる高みへと上る。無色は陶然と息を漏らした。

「素敵……まるで自分じゃないみたい……」

「実際その通りですので」

「まあそうなんですけども」

無色は座っていた椅子をくるりと回転させると、黒衣の方に向き直った。

「それで……烏丸さん？」

「黒衣で構いません。そのお顔にさん付けで呼ばれるのは気色悪くてなりません」

「…………」

無色はこの主人と侍従の関係を若干不安に思いながらも、あとを続けた。

「ええと、じゃあ黒衣。こっちも聞きたいことがあるんですけど……」

「はい。困惑されるのも当然です。何なりとご質問を。わたしに答えられることであればお答えいたしましょう」

黒衣が質問を促すようにうなずいてくる。

無色は、ならお言葉に甘えて、というように続けた。

「この女の子……彩禍さんって言いましたよね」

「はい」

「彩禍さんって、どんな男性がタイプですかね……？」

「……………はい？」

無色が少し照れながら質問すると、黒衣は無表情のまま首を傾《かし》げた。

「あっ、ちょっといきなり踏み込みすぎましたかね。じゃあまずは好きな食べ物とか……」

「いえ、そうではなく」

黒衣は首の位置を元に戻すと、無色の目を見据えながら続けてきた。

「最初に聞くのがそこですか？　もっとこう、他に気になる点があると思うのですが」

「そりゃありますけど……えっ、でも、いいんですか？　そんなこと聞いちゃって。そういうのってやっぱり秘密なんじゃ……」

「こんな状況になって何を遠慮しているのですか。むしろ聞いてください。こちらもまず、あなたに現状を把握していただきたいのです」

「そ、それなら遠慮なく……」

無色はコホンと咳払《せきばら》いをすると、ほんのりと頬を染めながらその問いを発した。

「ええと、彩禍さんのスリーサイズって……」

「だからそうではなくてですね」

黒衣が、無色の言葉を遮るようにぴしゃりと言ってくる。

「えっ？　馬鹿なのですか？　それともやはり彩禍様がふざけてらっしゃるだけなのですか？　もっと他にあるでしょう。ここはどこなんだ、とか。なぜ自分が彩禍様の姿になっているんだ、とか」

「あ、そういえばそうですね。ちゃんと説明してください！　一体何がどうなってるんですか⁉」

「…………」

無色が素直に問うと、黒衣は微《かす》かに眉根を寄せながらも、言葉を続けてきた。

「順を追って説明いたしましょう。──先ほど申し上げました通り、そのお方は久遠崎彩禍様。世界最強の魔術師にして、魔術師養成機関〈空隙の庭園《くうげき》〉の長《おさ》であられます」

「はい。何度聞いても可憐《かれん》なお名前です……」

「……、こちらとしては『魔術師』の方に食いついてほしかったのですが」

「あ、すみません」

言われてみれば、そちらも気になる単語ではあった。素直に詫《わ》びる。

「魔術師っていうのは……呪文を唱えて火を出したり、味方を回復させたりする、あの？」

「抽象的かつ数世代前のイメージではありますが、間違ってはいません」

「そんなの、本当にいるんですか？」

「現に、あなたの身には、常識では説明がつかないことが起きているのでは？」

「……確かに、そうでしたね」

黒衣の言葉に、無色は小さくうなずいた。論より証拠とはこのことである。

確かにそんなものでもなければ、今無色が彩禍という少女に変貌していることに説明がつかない。

「困惑なされるのも当然でしょうが、今は、魔術という存在があるという前提でお聞きください」

「わかりました。……それで、俺の身体《からだ》には一体何が起こってるんですか？」

無色が神妙な面持ちで問うと、黒衣は指を一本立て、無色の胸元にトン、と突きつけながら続けてきた。

「結論から言うと――あなたと彩禍様は今、合体した状態にある、ということです」

「な……そ、それって……！」

「動揺するのも無理のないことではありますが、どうか落ち着いて——」

「そういうのは、ちゃんと結婚してからでないといけないのでは……!?」

黒衣が半眼を作りながら、まるで汚物を見るかのような視線を向けてきた。

「いくら彩禍様のお姿でも、はっ倒しますよ」

「すみません。あまりに刺激の強いワードだったので……」

無色が申し訳なさそうに肩を窄《すぼ》ませると、黒衣は気を取り直すようにあとを続けた。

「無色さん、でしたね。あなたのお話によれば、彩禍様は昨晩、致命傷を負って倒れられていた。状況から察するに、何者かに襲われたと見るのが自然でしょう」

「はい。……犯人に心当たりは?」

「ありませんね」

「恨まれるような人物ではなかった、と」

「いえ、恨みを持っている方は星の数ほどいたと思いますが」

「…………」

きっぱりと断言する黒衣に、無色はたらりと汗を垂らした。

ですが、と黒衣が続ける。

「——この世界に存在するはずがないのですよ。世界最強の魔術師、極彩の魔女、久遠崎彩禍を殺せる者なんて」

「――――」

静謐《せいひつ》な、しかし強い感情を湛《たた》えたその言葉に、無色は息を詰まらせた。

「失礼。続けましょう」

そんな無色の様子を感じ取ったのだろう。黒衣が小さく咳払いをしてくる。

「恐らくですが――彩禍様を襲った犯人と、あなたを襲った犯人は同一人物でしょう」

「はい……俺も、そう思います」

あのときのことを思い出す。

血塗れの彩禍に駆け寄った無色を襲った、無慈悲な一撃。

犯人の顔は見えなかったが、無色の身体に残った傷は、彩禍のそれと非常によく似ていたように思われた。

「そうしてできた、死にかけの彩禍様と死にかけの無色さん。このままでは二人とも死んでしまう。――そこで彩禍様は、残った力を振り絞り、最後の魔術を行使されました」

「最後の魔術……それは、一体」

無色が問うと、黒衣は、右手と左手の人差し指を立て、ゆっくりと触れ合わせてみせた。

「融合術式。単純な足し算です。放っておけば二人とも死んでしまう。ならば、一人でも生き残った方がいい。

０・５＋０・５＝１。

――彩禍様は、瀕死《ひんし》のご自分と、瀕死のあなたを融合させ、一つの命として永らえさせたのです」

「融合――」

黒衣の言葉に。

無色は、無意識のうちに自分の――と言っていいのかどうか定《さだ》かではないが――頬に手を触れながら、呆然《ぼうぜん》と声を発した。

「はい。それゆえ端的に、合体、という表現をとりました」

「……っていう割には、俺の要素がどこにも見当たりませんけど……」

「彩禍様の身体の方が傷が浅かったのか、身体に宿る内在魔力の量が関係しているのかはわかりませんが――今は彩禍様の身体がベースになっているようですね。

とはいえご安心ください。あなたの身体が取り込まれてしまったというわけではありません。あくまであなたの要素が裏側に隠れているだけ。恐らくあなたの肉体は今、傷ついた彩禍様の身体を補っているのではないかと思われます」

「えっ、そんな――」

「ショックなのはわかりますが、最後まで話を——」

「そんな光栄なことがあっていいんですか……？」

「少しでもあなたを慮《おもんぱか》ろうとしたわたしが馬鹿みたいに思えてくるのでやめてくれませんか？」

黒衣がジトッとした視線を送ってくる。無色は少々の理不尽を感じながらも、素直に謝っておいた。

「……確かに、見たところその身体は彩禍様そのものです。ただ——意識は無色さん、あなたのものであるようですね？」

「あ……」

言われて、無色は息を詰まらせた。

確かにその通りである。

無色と彩禍の意識が入れ替わってしまった——というのなら、この世界のどこかに、無色の身体と彩禍の意識を併せ持つ人間がいることになるだろう。

無色の身体が彩禍の形に変化してしまった——というのなら、普通の彩禍が、別にいることになるだろう。

だが、黒衣の言うように、瀕死の無色と彩禍が命を補い合い、一個の人間として融合することにより生き永らえたとするならば、一つ、なければならないものがあったのである。

「彩禍さんの意識は……心は、どこへ行ったんですか……？」

無色が震える声で問うと、黒衣はしばしの無言のあと、ゆっくりと首を横に振った。

「わかりません。あなたの身体の奥底に眠っているのか。彷徨《さまよ》える魂となってどこかを漂っているのか。それとも——」

その先を、黒衣は口にしなかった。

恐らく、可能性の一つとはいえ、言葉にすることが躊躇《ためら》われたのだろう。無色も、それ以上追及することはできなかった。

「……とにかく。今はこれからの話をしましょう。——これは非常事態です。世界にとって最大の危機と言っても過言ではありません」

黒衣が、険しい表情をしながら言ってくる。

その大げさな表現に、無色は首を傾げた。

「世界……？　いや、確かに、彩禍さんほどの美少女がいなくなるようなことになれば、世界にとって損失と言わざるを得ないですけど……」

と——

「……え？」

無色が言いかけた瞬間、学舎中に、アラームのような音が響き渡った。

それと同時、どこか間延びした女の声が、スピーカーから聞こえてくる。

『――騎士エルルカ・フレエラが告げる。滅亡因子の発生を確認した。等級は推定で災害級から戦争級。可逆討滅期間は二四時間。対応には騎士アンヴィエット・スヴァルナーが当たる。各自、警戒態勢を怠るでないぞ』

「……？　何ですか、この放送」

「――ふむ」

黒衣はあごに手を当てると、数瞬ののち、顔を上げてきた。

「いい機会です。外に出ましょう。――世界の裏側をお見せいたします」


学園長室を出た無色は、そのまま黒衣に連れられ、中央学舎の屋上前へとやってきた。

ちなみに学園長室で、履き物をスリッパからきちんとした靴に替えさせられている。低めとはいえ慣れないヒールに、無色の歩行は少しふらついていた。

「さあ、こちらへ。段差になっているのでお気を付けください」

言って、黒衣が手を差し出してくる。無色は「すみません」と黒衣の手を取ると、少し大股になって外へと出た。

「――ここは……」

屋上の端、背の高いフェンスの側《そば》へと歩いた無色は、強い風になびく髪を押さえながら、眼下に広がる景色を見下ろし、小さく声を発した。

地上にいるときは見えなかった周囲の様子が一望できる。

校舎の周りに、いくつもの施設を内包した広大な敷地《しきち》、そして背の高い壁があり、その向こう側に、街の風景が広がっていた。

「あ……周りは普通に街なんですね」

「はい。というか、一体ここをどこだと思っていたのですか」

「いや……魔術とか言い出すので、てっきり異世界にでも飛ばされたのかと」

「あなたが知らなかっただけで、我々は常に世界の裏側で活動をしてきました。この〈庭園〉は、住所で言えば桜条市東桜条に当たります」

「思ったより近所だった……でも、その辺りにこんな施設なんて――」

「認識阻害を施してありますので、外部からこの場所を認識することはできません。――と、今は下よりも、上に注目してください」

「え？」

黒衣に言われて、無色は顔を空に向けた。

まさに、その瞬間だ。

――雲がまばらに浮かんだ穏やかな空に、『それ』が姿を現したのは。

「……？　なんだ……あれ」

『それ』は、爪だった。

巨大な爪が、何もない虚空《こくう》から、顔を出していたのである。

否《いな》、何もない――というのは正確ではなかった。

正しく言うならば、その爪の周囲の空間に、まるで罅割《ひびわ》れのような亀裂が走っていたのである。

そして、徐々にその亀裂が大きくなっていったかと思うと――

次の瞬間、空を突き破るようにして、あまりに巨大な影が姿を現した。

「は――」

それを見て、無色は目を見開いた。

硬質の皮膚に覆われた巨大な体軀《たいく》。手足に備わったいくつもの爪。そして、頭部から伸びる長い角と、背から生えた、一対の羽。

その姿は、太古の時代からやってきた恐竜か――さもなくば、映画の世界から飛び出した怪獣を思わせた。

「――滅亡因子二〇六号：『ドラゴン』」

無色の思考に応えるかのように、黒衣がその名を発する。

「強靱《きょうじん》な肉体と生命力を持ち、生半可な攻撃は受け付けません。その口から放たれる炎の吐息は、数日もあれば日本全土を火の海に変えてしまうでしょう。比較的発現例の多い『滅び』ですね」

淡々とした調子で、黒衣が続けてくる。

すると、まるでそれに合わせるかのように、ドラゴンが咆哮《ほうこう》を上げたかと思うと、その口から、凄《すさ》まじい炎の奔流が吐き出された。

「な……っ⁉」

空が、灼熱《しゃくねつ》に燃え上がる。かなりの距離があるというのに、その猛烈な炎は、無色の肌を痛いほどにちりつかせた。あまりの熱気に、目を開けていることさえ困難になる。

まるで神話の一編を思わせる、凄絶な焔《ほのお》の息吹《いぶき》。

そんなものを直接浴びてしまったなら、人は、野山は、街は、一体どうなるのか。

その絶望的な問いかけの解答は、すぐさま無色の視界一面に示されることとなった。

「…………っ！」

眼下に広がっていた景色が、一瞬にして炎に包まれる。

見慣れた街並みが、つい昨日まで生活していた世界が、瞬《まばた》きの間に地獄へと変貌を遂げた。

道々に沿うように炎が地面を舐《な》め尽くし、そこにあったものを黒と赤に染めていく。

悲鳴。警報。破壊音。あらゆるものがない交ぜになった阿鼻叫喚《あびきょうかん》が辺りに響き渡る。

その唐突に過ぎる滅びの光景に、無色はしばしの間理解が追いつかず、唖然《あぜん》としてしまった。

「な……、え――」

数瞬。呆気《あっけ》にとられていた脳が現状を認識し、停止していた手足に指令を発する。

無色はがばっと覆い被《かぶ》さるような勢いで、黒衣の肩を摑《つか》んだ。

「黒衣！　大変です、街が！」

「言われなくても見えています。落ち着いてください、無色さん」

「こんな光景を見てどう落ち着けって言うんです！　むしろ、なんで黒衣はそんなに冷静でいられるんですか⁉」

「慌てたところで事態は好転しないからです。それに――」

黒衣はガクンガクンと肩を揺すられながら、上空を指さした。

「ちゃんと見ていないと、見逃してしまいますよ」

「……え？」

無色は黒衣が示す先を追うように、上空に視線を戻した。

すると、まさにそのとき。

「――いぃいいいいいい――ヤッはァァァァァァ――ッ!!」

そんな叫びとともに、地上から小さな影が、空に向かって弾丸の如《ごと》く飛び立っていった。

そしてその影は一直線にドラゴンに至ると、凄まじい雷光を伴ってその巨軀《きょく》を上空に吹き飛ばした。

「な――」

ドラゴンの凄まじい咆哮が、空気をビリビリと震わせる。

だがそれは、獲物に己の存在を知らしめたり、敵を威嚇したりしようとしてのものではなく、途方もない痛みに耐えかねた悲痛な叫びのように思われた。

「はッ、やかましいんだよトカゲ野郎が――」

ドラゴンを突き飛ばした人影が、両腕を大きく広げる。

すると、それに従うように舞っていた小さな衛星のようなものが、その輝きを増していった。

次の瞬間。

落雷を思わせる爆音が鳴り響いたかと思うと、一瞬空が目映《まばゆ》い輝きに包まれた。

凄まじい閃光《せんこう》に、思わず目を瞑《つぶ》ってしまう。

「…………っ！」

そして、次に無色が目を開けたときには、巨大なドラゴンの体軀は、影も形もなくなっていた。

「あ、あれは……」

「騎士アンヴィエット・スヴァルナー。彩禍様直轄機関〈騎士団〉の一角であり、この〈庭園〉でも最上位に位置するS級魔術師です。あれくらいの滅亡因子ならば、彼一人でお釣りがくるでしょう」

無色の声に応えるように、ともに空を見上げていた黒衣が言ってくる。

「彩禍さん直轄……彩禍さんは、あの人より強いってことですか？」

無色が問うと、黒衣は涼しげな顔のまま返してきた。

「比べることさえ烏滸《おこ》がましいほどに」

「……ほえー」

無色はしばしの間呆然《ぼうぜん》としていたが、すぐにハッと肩を震わせ、視線を下ろした。

「そうだ、街が──」

と、火の海と化してしまった街並みを見て──無色は言葉を止めた。

「え……」

理由は単純。つい先ほどまで真っ赤な炎に蹂躙《じゅうりん》され、悲鳴と怒号が渦巻いていた眼下の街並みが、何事もなかったかのように元に戻っていたからだ。

「あれ……確かに今、街が燃やされるのを見て……」

「ええ。その通りです。幻覚などではありません。街は確かに、ドラゴンの炎によって壊滅状態にされていました。騎士アンヴィエットがドラゴンを倒していなければ、あの光景は『結果』として世界に記録されていたでしょう」

「……ドラゴンを倒したから、あの光景がなかったことになったっていうんですか？」

「端的に言うと、そういうことです。〈庭園〉の外で暮らす人々は、今何が起こったかさえ覚えていないでしょう」

黒衣が事も無げに答えてくる。

無色は突然目の前で起こった信じがたい出来事に、目を白黒させた。

が、やがて、今までの黒衣の言葉が頭の中で繋《つな》がっていく。

「もしかして、こういうことは結構頻繁に起こってるんですか……？」

黒衣は大仰にうなずくと、無色の目を見つめながら続けてきた。

「――一万五一六五回」

「え？」

「彩禍様をはじめとする魔術師たちが、今までに世界を救った回数です」

「……！　そんなに……!?」

「はい。

――この世界は、平均しておよそ三〇〇時間に一度、滅亡の危機を迎えているのです」

「――――」

突如告げられたその言葉に。

無色は、しばしの間目を白黒させながら黒衣を見つめた。

「ドラゴンだけではありません。星を砕く兵器を創造し得る知恵の実、考え得る限りの天変地異を同時に発生させる霊脈異常、あらゆるものを喰《く》らい尽くす金色の蝗《いなご》の群れ、絶大な感染力と致死率を誇る死神の病、歴史を捻《ね》じ曲げんがために時を越えて来訪する未来よりの使者、存在するだけで地上を業火《ごうか》で覆い尽くす焔の巨人――

この世界を崩壊させ得る可能性を持った存在を総称して、わたしたちは『滅亡因子』と呼んでいます」

そして、と黒衣が続ける。

「我々魔術師は、その奇跡の業を以《もっ》て、滅亡因子を排除し続けているのです。

そして過去現れた中には、彩禍様でしか対応できなかった滅亡因子も、一二例確認されています。

——おわかりですか？

彩禍様がいなければ、この世界は、最低一二回滅んでいるのですよ。

あなたが融合してしまった人物とは、そういうお方なのです」

黒衣が無色に言い聞かせるように、淡々と、しかしどこか熱を帯びた調子で告げてくる。

その衝撃的な情報に、無色は両手を戦慄《わなな》かせた。

「し、信じられない……」

無色が呆然と呟《つぶや》くと、黒衣はさもあらん、といった調子で目を伏せた。

「まあ、無理もありません。しかし、全て真実で——」

「平均三〇〇時間に一回起こる崩壊の危機を、一万五〇〇〇回以上……？　それってつまり、単純計算でも五〇〇歳以上ってことですよね……？　それなのにこのお肌のハリ……

信じられない……」

「………」

「痛い、痛いです、黒衣」

ついに手を出してきた。

ぽかぽかと叩《たた》いてくる黒衣の手から身を守るように、無色は両手で頭をガードした。

と、そこで。

「……！　えっ？」

空から流れ星の如く光が降ってきたかと思うと、次の瞬間、無色と黒衣の目の前に、一人の男が現れていた。

「――よお、久遠崎。こんなところで見物たぁ、いいご身分だな」

細身ながらもしっかりと筋肉の備わった身体《からだ》を、仕立てのよいシャツとベスト、スラックスで覆った青年である。

三つ編みに結わえられた黒髪に、褐色の肌。獲物を睨《ね》め付けるかのような鋭い双眸《そうぼう》に、野性的な笑み。その佇《たたず》まいは、どこか獰猛《どうもう》な四足獣を思わせた。

「あなたは――」

間違いない。今し方ドラゴンを屠《ほふ》った魔術師だ。

それを証明するように、三鈷《さんこ》——爪を思わせる形状をした金色の武器が二つ、時折バチバチと雷光を輝かせながら、彼の身体に纏《まと》わり付くようにゆっくりと浮遊していた。

そしてその背には、まるで後光のように、巨大な光の輪が二重に輝いている。その神々《こうごう》しい様と、男のワイルドな容貌が、妙にミスマッチだった。

と、無色が予想外の事態に呆然としていると、男はニィッと唇の端を上げ、凄絶な笑みを作ってきた。

「なんだオイ、鳩《はと》が豆鉄砲食らったような顔しやがって。——はッ、オレの魔術に震え上がって声も出ねぇってか？」

冗談めかすような調子で、男が肩をすくめてくる。

その言葉に、無色は素直にうなずいた。

「——凄《すご》かったです。今のは、あなたが？」

「…………は？」

無色が言うと、男は口をポカンと開け、間の抜けた声を発してきた。

「あんな大きなドラゴンを……本当に凄いです。とても強い魔術師……？　なんですね」

「は……な、何言ってやがるテメェ……何か変なものでも食いやがったか……？　口調もなんかおかしいしよ……」

男が、たじろぐように身体を反らす。

だがその言葉とは裏腹に、彼の頰は照れるように朱に染まっていた。

「いいえ、凄いものに凄いって言っただけです。あれ、一体どうやったんですか？」

「ど、どうって……別に、普通の第二顕現だよ。……ただまあ、ちぃと術式をいじってあるがな」

「そうなんですか！　術式……よくわかりませんけど、どういうものなんですか？」

「教えるワケねぇだろうが！　なんでテメェに手の内晒《さら》さなきゃなんねェんだよ！」

「そう言わずに。いいじゃないですか。あんな凄い技、どうやったらできるんだろう。知りたいなあ」

「……し、仕方ねぇな……少しだけだぞ……」

男が、ぷいと顔を背けながらも、ニマニマと口元を緩め、言ってくる。

見た目は怖いが、なかなかにチョロそうな青年だった。

「本当ですか⁉　ありがとうございます！　ええと——」

「ん？」

「あなた、お名前なんて言いましたっけ？」

「あっ」

無色がにこやかに言った瞬間、黒衣が短く息を漏らした。

まるで「まずい」とでも言うかのように。

するとそれに合わせるかのように、つい今し方までまんざらでもないような顔をしていた男の額に、ピキピキと血管が浮かび上がった。

「……ふ、ふぅーん……？　なるほどぉ……？　オレ程度の雑魚《ざこ》の名前なんざ、記憶の隅にも残ってませんでしたってかァ……？」

「え？　あ、いや、そうじゃなくて。ちょっと忘れてしまっただけで——」

「上等だァ！　二度とアンヴィエット・スヴァルナーの名前を忘れらんねェように、念入りにブッ潰してやらァァァァア！」

アンヴィエット（そういえばそんな名前だった）が怒りを露《あら》わにし、屋上の床に踵《かかと》を打ち付ける。

するとそれを起点とするように、辺りに凄《すさ》まじい雷撃が撒《ま》き散らされた。

「……っ⁉」

蜘蛛《くも》の巣状に、屋上に光の線が走る。無色は思わず身を竦《すく》ませた。

「ちょ——やめてください！」

「うるせェ！　命乞いなら——」

「彩禍さんの美しいお顔に傷がついたらどうするんですか！」

「…………」

無色が叫ぶと、なぜかアンヴィエットは頬をひくひくと痙攣《けいれん》させた。

「どうやら手加減はいらねェみてェだなァ……？」

アンヴィエットが両手を腰だめに構える。

その動作に合わせて、彼の周囲を衛星のように巡っていた二つの三鈷が、その回転速度を速め、バチバチと電気を帯びていった。

「討ち爆《は》ぜろ、【雷霆杵《ヴァジュドーラ》】ッ！」

その叫びとともに、アンヴィエットが両手を前に突き出し、無色に向けて必殺の一撃を放った。

無色の視界が、目映《まばゆ》い輝きによって埋め尽くされる。

「──うわっ⁉」

無色は息を詰まらせると、その場に射すくめられたように硬直した。

「無色さん！」

黒衣の悲鳴じみた声が、轟音《ごうおん》に呑《の》まれて掻《か》き消える。

避けなければならないと頭ではわかっている。だが、身体が動いてくれない。

理屈をねじ伏せる圧倒的な暴力。原始的な死の直感。魔術とやらのことを何も知らない無色でも、それが致命的な一撃であることは容易に理解できた。一瞬あとには、怒れる金色の雷撃が、無色の身体をずたずたに引き裂くだろう。

だが――

「――――」

そんな中、無色の頭を支配していたのは、絶望でも恐怖でもなく――何とも奇妙な違和感だった。

――瞬《まばた》きの間さえなく炸裂《さくれつ》するであろうと思われた雷撃が、妙に遅く感じる。

まるで、時間がゆっくりと流れていくかのような感覚。

世界の全てがスローモーションと化した中、自分だけはそれまでと変わらぬ速度で思考を巡らせている。そんな超越的なイメージだ。

まさか、これが噂《うわさ》に聞く走馬灯というやつだろうか。

死に瀕《ひん》した瞬間、人間の脳はそれまでの経験の中から打開策を探るべく、高速で思考を開始するという。それゆえ、相対的に時間の進みがゆっくり感じられるというのだ。

とはいえ、無色の脳を浚《さら》ったところで、この状況を覆《くつがえ》す経験など――

（——恐れることはない。今の君は、最強の身体を持っているのだから——）

と。

「え——」

不意に頭の中にそんな声が響いてきて、無色は目を丸くした。

微《かす》かで朧気《おぼろげ》な、しかし幻聴というにははっきりとした声音。

その声が一体何なのかはわからない。

けれど、その声を聞いた瞬間、無色は不思議な安心感を覚えた。

その声は——

昨日無色が気を失う前に耳にした、初恋の少女のものによく似ていた気がしたのである。

（——力の使い方は、身体が覚えている。君はただ、心を委ねればいい——）

声が言うと同時。

「————」

無色は、両手を前方に掲げていた。

なぜそんな動作をしたのか、自分でもよくわからない。けれど今はそうすることが正しいのだという確信があった。

身体が熱くなる。まるで、全身を巡る血潮が熱を帯びたかのように。

次の瞬間、雷光に埋め尽くされた無色の視界に、新たな輝きが現れた。

無色の頭上に、極彩色《ごくさいしき》に輝く光輪が出現していたのである。

一つ一つを見れば、天使の輪の如《ごと》き形状。

けれど、幾つもの光が縦に連なったそれは――まるで、魔女の帽子のように見えた。

「……っ、四画――!?」

後方から、驚愕《きょうがく》に染まった黒衣の声が聞こえてくる。

瞬間、無色を起点とするように空間がぐにゃりと歪《ゆが》み――

世界が、変わった。

「は――――」

何の比喩でも誇張でもない。

今の今まで、無色と黒衣、そしてアンヴィエットは、学舎の屋上にいたはずだ。

しかし、ほんの瞬きほどの間に、三人を包む景色が様変わりしていたのである。

――どこまで続くかもわからない、蒼穹《そうきゅう》に。

否《いな》、それだけではない。無色は眼球運動のみで地面と上空を見やった。

地面には、見るも広大な都会の街並みが、そして上空にもまた、同じような大都会の光景が、逆さまに広がっていたのである。

見慣れた、しかし異常な風景。幾つものビルや電波塔が、その先端を上下両方から無色たちの方に向けている。その様は、まるで巨大な獣の顎《あぎと》を思わせた。

するとそこで、狼狽《ろうばい》するようなアンヴィエットの声が響いてくる。

「第四顕現……ッ!? おいコラ久遠崎！ 卑怯《ひきょう》だぞ！ こいつは御法度《ごはっと》じゃ──」

だが、無色を非難するようなアンヴィエットの叫びはそこで途絶えた。

理由は単純。遥《はる》か下方と上空に在った大都会の風景が、まるでアンヴィエットを噛《か》み砕くかのようにせり上がり、或《ある》いは落ちてきたからだ。

「──万象開闢《ばんしょうかいびゃく》。斯《か》くて天地は我が掌《て》の中」

半ば無意識のうちに。しかし朗々と、無色の喉から言葉が紡《つむ》がれる。

「恭順を誓え。

──おまえを、花嫁にしてやる」

アンヴィエットは抵抗を試みるように両手を天に掲げたが、彼の放った雷撃は、空しく霧散していった。

「ぐ……ッ⁉　く、クソがぁぁぁぁぁぁぁぁぁ――――――ッ‼」

哀れアンヴィエットは、怒濤《どとう》に翻弄される笹舟《ささぶね》の如く、巨大な建造物の群れに呑み込まれていった。

凄まじい轟音とともに、牙の如き摩天楼が崩れ。

世界が、その形を失っていく。

数瞬あとには、無色たちを包む景色は、もとの屋上のそれに戻っていた。無色の頭上に輝いていた光輪も、いつの間にか姿を消している。

先ほどまでと違うものといえば、屋上の床に倒れ伏したアンヴィエットくらいのものだろう。

高級そうだったシャツやスラックスは汚れ、破れ、もはやほとんど衣服としての機能を残していない。長い髪は煤《すす》け、身体《からだ》中に大小様々な傷や打撲痕が見受けられる。それでも辛《かろ》うじて生きてはいるらしく、時折痙攣のように手足をピクピクと動かしていた。

「今のは……」

無色は呆《ほう》けたように呟《つぶや》くと、視線を手のひらに落とし、手を握ったり開いたりしてみた。

白魚のように細く美しい指が、無色の意に沿って動かされる。

――一体何が起こったのか、自分でもよくわかっていなかった。

ただ、今目の前に展開された不可思議な光景が、自分——彩禍の力によるものであるということだけは、何となく理解できた。

今まで覚えたことのない、何とも奇妙な感覚である。

脳天から指先までを、熱い血潮が巡るかのような灼熱《しゃくねつ》感。

自分という存在が、風船の如く膨張していくかのような昂揚《こうよう》感。

そして——世界を自分の手のひらに収めてしまうかのような、全能感。

そんなものがない交ぜになった感覚が一気に襲ってきて、しばしの間無色は呆然《ぼうぜん》としてしまっていた。

「て、めェ……ッ……」

「……！」

そんな無色の意識を現実に引き戻したのは、地を舐《な》めるように突っ伏したアンヴィエットの、恨みがましい声だった。

「あの、大丈夫ですか……？」

無色が様子を窺《うかが》うように歩み寄り、顔を覗《のぞ》き込むように足を屈《かが》めると、アンヴィエットはよろよろと顔を上げ、血走った目を無色に向けてきた。

「お、覚えて……やがれ……絶対、ブッ殺して——」

が、アンヴィエットが言葉を最後まで発することはなかった。

次の瞬間、黒衣が現れ、彼の頭をぎゅむ、と踏みつけたのである。

「ぶぎゃふ」

必然、アンヴィエットの顔面は硬い屋上の床に押しつけられる。僅かに動いていた手足までもが、完全に沈黙した。

「…………」

とはいえ、別に黒衣は、アンヴィエットを黙らせようとか、とどめを刺そうとしていたわけではないようだった。どちらかというと、無色の前に立つために、アンヴィエットの頭が邪魔だった、というようなぞんざいさが見て取れる。

「黒衣？」

無色は、問い掛けるように黒衣の名を呼んだ。

こちらを見る彼女の顔は、先ほどと同じく無表情であったのだが——どこか、隠しきれない驚き、そして微かな興奮と高揚が滲《にじ》んでいる気がした。

「……信じられない。身体が彩禍様のものとはいえ、まさかいきなり第四顕現を……でも、これなら——」

黒衣は何やらブツブツと呟いたかと思うと、再度無色に目を向けてきた。

強い意志の光が宿った目に気圧《けお》されるように無色がうなずくと、黒衣はそのまま続けてきた。

「あなたがこの件に巻き込まれたのは不幸な事故です。ですが、その上でお願いいたします。どうかわたしに協力してください。

——この世界を、救うために」

黒衣の言葉に——

「えっ、無理ですけど……」

無色は、即座にそう返した。

それはそうだ。無色は普通の高校生である。突然世界とか言われても困る。

「…………」

すると黒衣は、たらりと頬に汗を垂らしながら眉根を寄せてきた。

「……今のは受ける流れではないですか？」

「いや、そんなこと言われても」

「…………」

「は、はい」

「無色さん」

黒衣はしばしの間考えを巡らせるようにしてから、再度言ってきた。

「わたしに協力してもらえたら、あなたと彩禍様を分離することもできるかもしれません。その後、彩禍様に無色さんを改めてご紹介いたしましょう。彩禍様のいない間、務めを果たしてくれた恩人です、と」

「何をすればいいんですか？　ちょうど世界が救いたかったところです」

「………」

無色が力強くうなずくと、黒衣は再び黙り込んだ。

が、やがて自分を納得させるように息を吐く。

「諸々《もろもろ》準備が必要です。――まずは面倒事を済ませてしまいましょう」

「面倒事？」

無色が首を傾《かし》げると、黒衣はこくりと首肯してみせた。

◇

屋上での立ち回りから、およそ三〇分後。

無色は、中央学舎の中にある、大きな扉の前へと連れてこられていた。

「黒衣、ここは？」

「会議室です。今日は〈庭園〉管理部の定例報告会がございますので。──こんな状況ですし、できれば無視したいところではありますが、彩禍様が欠席なさるわけにもいかないので仕方ありません」

黒衣は無色の問いに答えると、注意を促すように続けてきた。

「もう部屋の中には、管理部と〈騎士団〉の面々が揃《そろ》っているはずです。──対応はこちらで何とかいたしますので、無色さんはあまり発言をなさらないようお願いします」

「わかりました。彩禍さんのイメージダウンになっちゃいけませんしね」

「まあ、はい、そうです」

黒衣は、「そういうことではないのだが、そういうことにしておいた方が都合がいいか……」というような顔をすると、扉をノックしたのち、ゆっくりと開けた。

そして、どうぞ、と言うように無色を部屋の中へと促してくる。

無色はそれに従い、やや緊張しながら会議室へと足を踏み入れた。

「わ……」

部屋に入った瞬間無色は、発言を控えるよう注意されていたにもかかわらず、小さく声を漏らしてしまった。

だがそれも仕方あるまい。会議室には既に一〇名ほどの人間が揃っていたのだが、その全員が、無色を迎え入れるように、一斉に起立したのである。

「――彩禍様。お席へどうぞ」

無色がしばしの間呆然としていると、黒衣が着席を促すように言ってきた。

確かに、いつまでも突っ立っているわけにはいかない。無色はぎこちない足取りでテーブルへと向かうと、空いている席にちょこんと腰掛けた。

すると、起立していた管理部の面々が、何やら困惑したようにざわめき始める。

「ま、魔女様……？」

「いかがされましたか……？」

「え……？」

無色が首を傾げていると、後方から黒衣がすす……と歩いてきて、ぽつりと耳打ちした。

「――彩禍様のお席はあちらです」

言って、部屋の最奥《さいおう》に位置する席を示してくる。

テーブルの端。いわゆるお誕生日席だ。――まあ、場の仰々しい雰囲気も相まってか、式の主賓というより、悪の組織のボスが座る席のように見えたが。

「あ……」

無色は小さな声で言うと、慌ててそちらの席に座り直した。

するとそののち、ようやく他の皆が着席し始める。

「…………」

無色は妙な緊張感を覚えながら、テーブルに着く面々を見回した。

そして、微《かす》かに眉根を寄せる。大半はかっちりとしたスーツを纏《まと》った人々だったのだが、その中に二人、やや場違いな人物が紛れ込んでいたのである。

一人は、一〇代前半くらいの女の子だ。しっかりとした眉とほんのりと赤い頬も相まってか、ただでさえ幼い顔立ちが余計に幼く見える。丈の長い白衣を羽織っているのだが、なぜかその下には、民族衣装のような文様が描かれたトップスとスパッツしか纏っていなかった。ほぼ下着同然のラフなスタイルである。いろいろとミスマッチな様相だった。

「……黒衣、あの子は？」

無色が小声で問うと、椅子の後方に控えた黒衣が、囁《ささや》くような調子で返してきた。

「──騎士エルルカ・フレエラ。幼く見えますが、〈庭園〉の中でも彩禍様に次いで最古参の魔術師です」

「へえ……」

人は見かけによらないものである。無色は感嘆するように声を上げた。

次いで、手前の席に座った少女に目を向ける。

こちらも、エルルカほどではないものの、年若い。一六、七歳といったところだろう。それを裏付けるように、その身に学生たちと同じ制服を纏っていた。

二つ結びにした長い髪に、つり目がちの双眸《そうぼう》。きりりと結ばれた唇は、彼女の意志の強さを表しているように思えて——

と、無色はそこで眉根を寄せた。

彼女の顔に、見覚えがある気がしたのである。

「…………、もしかして、瑠璃《るり》？」

「——はい？　何でしょう、魔女様」

無色がぽつりと呟《つぶや》くと、少女——瑠璃が首を傾げながら応えてきた。その目には、彩禍に名を呼ばれた歓喜の色が溢《あふ》れている。

「あ——いや」

話しかけるつもりはなかったのだが、聞こえてしまったらしい。無色は言葉を濁した。

ちらと見やると、黒衣が怪訝《けげん》そうな目でこちらを見てきていることがわかる。

とはいえ無理もあるまい。何しろ、突然無色が、知らないはずの少女の名を呼んでしまったというのだから。

と——

「……！」

無色がどう誤魔化したものかと思っていると、そこで会議室の扉が乱雑に開け放たれた。

そして、全身を包帯でぐるぐる巻きにした男が、ふらつくような足取りで入ってくる。

一瞬誰かわからなかったが、無色を睨《にら》み付けるような視線で気づく。——先ほど突っかかってきた騎士、アンヴィエット・スヴァルナーだ。

それを見て、管理部の面々が目を見開く。

「す、スヴァルナー殿！　その怪我《けが》は……⁉」

「まさか、先ほどの滅亡因子との戦いで⁉」

「馬鹿な、S級魔術師のアンヴィエットさんが⁉」

騒然となった管理部の面々を鎮《しず》めるように、アンヴィエットが舌打ちする。

「……騒ぐんじゃねェよ。オレがあんな雑魚《ざこ》にやられるわきゃねェだろうが」

「で、ではその傷は……」

眼鏡の男性が問うと、アンヴィエットが再び無色を憎々しげな視線で睨み付けてきた。

するとそれを見て、管理部の面々がほうと息を吐《つ》く。

「なんだ……魔女様か」

「魔女様なら仕方ないですね」

「生きててよかったですねアンヴィエットさん」

「一瞬で納得してんじゃねェよクソ共が！」

アンヴィエットは不機嫌そうに言うと、エルルカの隣の席に乱暴に腰掛けた。

その際身体《からだ》が痛んだのだろう。微かに眉を歪《ゆが》める。……が、それを悟られたくなかったのだろう。身体をぷるぷるさせながらも声は上げなかった。

「遅いですよ、アンヴィエット。魔女様を待たせるとは何事です」

「……うるせェよ。来てやっただけでもありがたく思いやがれ」

瑠璃の注意に、アンヴィエットがフンと鼻を鳴らしながら返す。

瑠璃はやれやれと頭を振ってから、テーブルに着いた面々を見渡すように視線を巡らせた。

「——では、全員集まったようですので、定例報告会を始めます。まずはこちらを」

言って、瑠璃が手元の端末に触れる。すると、楕円《だえん》形のテーブルの真ん中に、資料画像が投映された。

「——前回の定例会からの滅亡因子出現回数は二回。五一一号『レプラコーン』、及び、二〇六号『ドラゴン』。どちらも可逆討滅期間内に討伐を完了。魔術師への被害は——」

そしてよく通る声で、報告会とやらを進行していく。

何を言っているのかはよくわからなかったが、あまり興味のない顔をするのもよくないだろう。無色は姿勢を崩さぬよう椅子に腰掛けながら、時折意味ありげに相づちを打つようにして瑠璃の話を聞いた。

その後、瑠璃の進行のもと、数名の報告が続く。

「——ありがとうございます。他に何か報告のある方はいらっしゃいますか？」

それから四〇分ほど経《た》った頃だろうか。全員の報告が終了したあと、瑠璃が皆を見ながら言ってくる。

皆が沈黙を以《もっ》てそれに応える。その雰囲気を感じ取ってか、瑠璃が小さくうなずいた。

「では——」

が、そこで、無色の後方に控えていた黒衣が一歩前に進み出る。

「——失礼。わたしからも一つ、よろしいでしょうか」

「あなたは？」

「申し遅れました。彩禍様の侍従を務めております、烏丸黒衣と申します。本日は彩禍様が体調不良のため、同席させていただいております」

「えっ⁉」

黒衣の言葉に、瑠璃が声を裏返らせた。

「体調不良って――だ、大丈夫なんですか⁉」

「はい。ご心配には及びません。ですよね、彩禍様」

「え？　ああ、うん」

黒衣が、話を合わせるように、と言うように視線を送ってくる。無色はこくりとうなずいた。

「それで？　一体何じゃ？」

エルルカがテーブルに頰杖《ほおづえ》を突きながら言ってくる。

それに答えるように、黒衣が首肯してから唇を動かした。

「――昨日、彩禍様が何者かに襲撃を受けました。恐らく魔術師と思われますが、姿を確認することはできていません。再度彩禍様を襲ってくる可能性があります。つきましては、警戒網の強化を要請したく」

『……ッ⁉』

黒衣の言葉に。

居並んだ面々が、表情を強《こわ》ばらせた。

「な――魔女様を、襲撃⁉」

「そして正体を知られずに逃げおおせた……⁉」

「馬鹿な、そんなことが――!」

管理部の面々が動揺を露《あら》わにする。

とはいえ、それは無色も同じだった。声をひそめ、黒衣に話しかける。

「……黒衣、それ言っちゃっていいんですか?」

「――彩禍様の現状さえ知られなければ問題ありません。むしろ、これくらい脅しておいた方が警戒を強めてくれるでしょう」

黒衣が、慌てる面々を眺めながら、平然とした顔で言ってくる。無色はなるほど、とうなずいた。確かに全てを秘密にしたままでは、無色は無防備なまま再度敵に襲われることになる可能性がある。

「く――ははッ、ははははは!」

と、皆が狼狽《ろうばい》する中、一人笑い声を上げる者がいた。――アンヴィエットだ。

「敵に襲撃されて、正体さえ摑《つか》めずに逃がしましたってかァ? はッ、みっともねえ。さすがの魔女様も耄碌《もうろく》したんじゃねェか?」

言って、わざとらしく肩をすくめてみせる。

すると、無色に心配そうな視線を向けていた瑠璃が、ギロリとアンヴィエットを睨《ね》め付けた。

「おや、随分言うようになったじゃないですかアンヴィエット。魔女様に絶賛連敗中の人の言葉とは思えませんね？」

「あァ……？」

アンヴィエットが、ピクリと眉を揺らし、瑠璃を睨み返す。

しかし瑠璃は意に介さず、煽《あお》るような調子で続けた。

「まさか、襲撃者ってあなたのことですか？　正攻法じゃ魔女様に敵《かな》わないからって、ついに闇討ちまで始めたとか？」

「はァァァ!?　てめ、言うに事欠いて――」

「ああ、ごめんなさい。今のは言葉が過ぎました。あなたが襲撃者なはずないですよね。――もしそうなら、その場で返り討ちに遭ってるはずだし」

「死んだぞテメェ！」

「上等――」

アンヴィエットと瑠璃が、椅子を後方に蹴飛ばすような調子で立ち上がる。

瞬間、辺りの空気がビリビリと震え、二人を中心にぼんやりとした光が渦を巻き始めた。

が。

「五月蠅《うるさ》い。あとにせい」

アンヴィエットと瑠璃の間に座っていたエルルカが鬱陶しげに言うと、白衣の袖で、ぺし、と二人の顔を叩《たた》いた。

「ぬぐ……」

「……エルルカ様」

二人は未《いま》だ意気が収まらない様子だったが、渋々といった様子で椅子に座り直した。対面に座っていた管理部の面々が、ほうと安堵《あんど》の息を吐く。

「委細承知した。こちらで対応しておこう。──それで、報告はそれだけかの？」

エルルカが、黒衣に視線を向けながら問う。

すると黒衣は、静かに言葉を続けた。

「それに際して、彩禍様から提案がございます」

「ほう？　何じゃ。申してみよ」

「はい。──まず、当面、彩禍様は、崩壊級以下の滅亡因子対応を控えさせていただきます。そして、この定例会も、回数を減らしていただきたく」

「ふむ……それは構わんが、なにゆえじゃ？　まさか、その襲撃で傷でも負ったとは申すまいな？」

エルルカが、無色の目を見つめてくる。

こちらの心を見透かすようなその視線に、無色は心拍が上がるのを感じた。

が、黒衣は至極落ち着いた様子で、首を横に振った。

「滅相もございません。如何《いか》な相手とて、彩禍様に手傷を負わせることなど」

「わかっておる。軽い冗談じゃ。──して、理由は？」

「彩禍様は、他にすることがあると仰《おっしゃ》っておられます」

「他にすること？」

エルルカが不思議そうに首を傾《かし》げる。

黒衣は、大きく首肯したのち、告げた。

「はい。彩禍様は明日より──生徒として、この学園に通われます」

『…………は？』

黒衣の言葉に。

無色を含めた全員が、間の抜けた声を発した。

第二章　庭園

東京都桜条《おうじょう》市《し》に存在する魔術師養成機関——〈空隙《くうげき》の庭園〉。

その高等部二年一組の教室には今、奇妙な緊張感が満ちていた。

『…………』

整然と居並ぶ生徒が、教卓の側《そば》に立つ教師が、皆一様に表情を強ばらせ、息を潜めている。まるで、吐息一つが重大な過失に繋《つな》がりかねないとでもいうかのように。

その様は、大型の肉食獣から身を隠す、か弱い草食動物の群れを思わせた。天敵の視界に入らぬよう、超越者の注意を引かぬよう、必死に風景に己を溶け込ませる。世界の滅亡を未然に防ぐ使命を帯びた魔術師としては、少々頼りない姿ではあった。

とはいえ、彼らを臆病と責めることができる者もそうはおるまい。

何しろ——

「は、はい……では、ご紹介します。今日から皆さんと一緒に勉強されることになった、編入生の久遠崎《くおざき》彩禍《さいか》様——いえ、さ、彩禍さん……です」

この学園の長《おさ》にして、世界最強の魔術師。

極彩の魔女・久遠崎彩禍が、あろうことか一生徒として編入してきたというのだから。

「ああ、うん。よろしく頼むよ、皆」

見た目の年齢は、生徒たちとさほど変わらない。艶《つや》やかな髪をなびかせた、煌《きら》めくような美少女だ。着慣れていないはずの制服が、やけに様になっている。もしこの教室が、彼女のことを知らぬ者で埋められていたならば、その佇《たたず》まいに心奪われていた者は片手では足るまい。

だが、彼女の帯びた濃密な魔力が、脳裏に刻まれた彼女の伝説が、ぞっとするほどに美しい極彩色《ごくさいしき》の双眸《そうぼう》が、彼らにそれを許さなかった。

(……学園長先生が生徒として編入……？　い、一体何が目的で……？)

(まさか、見所のある生徒を探しに……？　ならどうにか目立たないと……！)

(でも、もし万が一ご機嫌を損ねたら……)

声にならない生徒たちの叫びが、教室中を埋め尽くす。

彩禍を皆に紹介する任を帯びた教師もまた、先ほどから微《かす》かに身体《からだ》を震わせていた。何ならこの教室で一番緊張しているのではないかと思えるほどである。

と——そのときであった。

「……もう、我慢なりません」

席に着いていた生真面目そうな女子生徒が、何かに耐えかねたかのように、ゆらり、と立ち上がったのは。

『な……っ！』

その様に、生徒たち、そして担任教師が息を詰まらせる。

「……！　だ、駄目だ不夜城《ふやじょう》！　抑えろ！」

「堪《こら》えてください！　相手は魔女様ですよ！」

「せっかくのキャリアをドブに捨てるつもりか⁉」

そして、堰《せき》を切ったように、周囲から女子生徒を止める声が飛ぶ。

だが、その女子生徒は決意と覚悟に満ちた表情を浮かべると、力強い歩調で彩禍の前まで歩いていった。

「魔女様」

「ん、何かな？」

彩禍が首を傾げると、女子生徒は鬼気迫る表情のまま、スマートフォンを取り出した。

「──一枚、よろしいでしょうか……？」

そして、額に汗を滲《にじ》ませ、頬を染めながらそう言う。

その言葉に、生徒たちは『やっちまった……』というように頭を抱えた。

そう。〈庭園〉高等部二年一組の生徒にして、〈騎士団〉の一角、不夜城瑠璃《るり》。

折り目正しく成績も優秀な彼女は――久遠崎彩禍の大大大ファンだったのである。

「ふ……不夜城さん！　失礼よ！　席に着いて！」

と、そこでようやく、担任の栗枝巴《くりえだともえ》が慌てて瑠璃を制止する。

二〇代半ばくらいの女性教師で、身長も彩禍より頭一つ高いのだが、弱々しい表情のためか、震える声のためか、それともその両方のためか、どこか幼い印象を受けた。

「……すみません先生。無礼は承知の上です。ですが、女には駄目だとわかっていても戦わねばならないときがあるのです……！」

「いやどういうことよそれ！　学園長先生の前であんまり問題行動起こさないでくれる⁉　わ、私の責任問題になったらどうするの！」

悲鳴じみた声で巴が叫ぶ。生徒たちから「それが本音か……」という視線が送られたが、巴は気づいていないようだった。

「……ときに確認ですが、このまま先生の指示を無視した場合に想定される、最悪の処分とは何でしょう」

「え？　そ、それは……停学……とか？」

「ふむ……」

「ああっ！　なにその『最悪でも停学なら魔女様のレアショットを選ぶ』みたいな決意に満ちた表情は！」

「止めないでください！　魔女様の制服姿なんて、滅多に見られるものじゃありません！　このお姿を後世に残さなくては、私は明日の私に顔向けできません……！」

「いぃいぃいやぁぁぁぁぁっ！　なんかいいこと言ってる風の空気出しながら私の評価を下げないでぇぇぇぇっ！」

涙目になりながら巴が瑠璃の肩を揺する。しかし瑠璃はその場から一歩たりとも動かなかった。すごい体幹である。

だが、そんな光景を目にしながらも、彩禍はふっと微笑《ほほえ》みを浮かべてみせた。

「ああ──いいさ。気にすることはない。好きなだけ撮ってくれたまえ」

そして、大仰に首肯しながらそう言う。

「ま、魔女様……？」

「いいのですか⁉」

「うん。制服姿の彩禍さ……わたしはレアだからね。気持ちはわかる。すごくわかる。やはり好みが似ているのかな。正直わたしも今朝黒衣《くろえ》に止められなければ自撮りをしていたところだった」

「はい？」

「いや。それより、写真だったね。構わないよ。——あとでわたしにもくれるかな？」

「！　は、はい！　それはもう！」

瑠璃はパァッと顔を輝かせると、まるでプロカメラマンのような格好でスマートフォンを構え、様々な角度から彩禍の姿を撮影していった。

「魔女様！　こっち、こっち、こっちに目線ください！」

瑠璃が興奮した調子で叫ぶ。すると彩禍も、ものすごく楽しげにポーズを取ってみせた。

「ふ、こうかい？」

「ああっ、素敵です！　美の化身！　美しくないところがない！」

「ならばこんなポージングはどうかな？」

「たまりません！　たまりません魔女様！　お美しい！　顔が天才！」

「さらに窓辺にもたれかかり哀愁を帯びた表情を浮かべる久遠崎彩禍」

「んぴぃぃぃぃッ⁉　にゃんで……にゃんで私の欲ちい絵がわがっぢゃうにょぉぉぉ——っ⁉」

などと、教室の一角で、撮影会が始まってしまう。

最強の魔術師たる久遠崎学園長が、皆の目の前で次々と楽しげにポーズを決め、それを撮影する普段真面目な騎士の顔面からは、いろんな汁が噴き出していた。

未《いま》だ困惑覚めやらぬ生徒たちは、目の前で展開された光景を見て、

(一体何が起こっているんだ……?)

(俺たちは何かを試されているのか……?)

(魔術師の強さとは精神の強さ……狼狽《うろた》えちゃ駄目……)

と、さらに混乱を深めるのだった。

◇

——時は、少し前に遡る。

「……ええと、それで、説明してくれますか、黒衣。なんで俺……というか彩禍さんが、生徒として学園に通うって話になるんです？　彩禍さんって学園長なんですよね？」

定例会のあと、学園長室に戻った無色《むしき》は、黒衣に向けて問いを発した。

すると黒衣が、大仰にうなずきながら返してくる。

「先ほども申し上げたとおり、あなたは今、彩禍様と合体してしまった状態にあります」

「はい」

「一刻も早くお二人を分離させたいところではありますが——これは簡単には参りません。となると、それより先に、何とかせねばならないことがあります」

「例の襲撃者の件……ですね？」

無色が言うと、黒衣はこくりと首肯した。

「そのときの状況がわからないとはいえ、彩禍様が不覚を取った相手です。もしも彩禍様が目覚められるより先に、今のあなたが襲われたなら——」

「…………」

無色は緊張に汗を滲ませながら押し黙った。

言われるまでもなく、理解できてしまったのだ。

もし今再び犯人が現れたなら、無色は為《な》す術《すべ》もなく殺されてしまう、と。

そしてそれは即《すなわ》ち、久遠崎彩禍の完全な死を意味することでもあった。

「だからまず無色さんには、魔術を自在に操れるようになっていただきます。件《くだん》の襲撃者が再度現れたとき、対抗できる力がなければ話になりません」

「魔術……って、アンヴィエットのときのあれを期待されても困りますよ。自分でもどうやったかよくわかってないんですから」

「ご安心ください。この〈庭園〉は、魔術の使い方を教授する魔術師養成機関です。魔術を学ぶのに、ここ以上に適切な場所はございません」

「いや、でもいきなりそんなこと言われても。いくら習ったからといって、俺なんかが彩禍さんの魔術を操れるようになるとは──」

「ときに」

無色が躊躇《ちゅうちょ》を口にしようとすると、黒衣がそれを阻《はば》むように言葉を続けてきた。

「〈庭園〉の生徒になった者には、例外なく制服が支給されます。特殊繊維に霊糸を縫い込んだ、物理的にも魔術的にも強靱《きょうじん》な、まさに現代魔術師の法衣《ローブ》ともいうべきものです。そして肩章《ストラップ》の先には、現代魔術師の杖《ワンド》たるリアライズ・デバイスが装着されています。無色さんも、生徒が身につけているのをご覧になったでしょう」

「……？　いきなりなんですか。確かにすごいものなのかもしれませんけど──」

「──〈庭園〉の制服は、さぞ彩禍様にお似合いになるでしょうね」

「いきます」

自分でも驚くくらい即答だった。

気づいたときには無色は、こくりと首肯しながら魔術学園に通う意を示していた。

「………………」

「どうしたんですか、黒衣」

「……いえ、自分で乗せておいて何なのですが、こうも思う通りにいくと、少し複雑な気分になってしまいまして」

黒衣は「……まあ、大事なのは結果です」と自分に言い聞かせるように呟《つぶや》いた。

「無色さんには明日から〈庭園〉に通っていただきます。無色さんが『外』で通われていた学校や、ご家族への対応は、こちらで済ませておきますのでご心配なく」

「対応といいますと……」

「ご心配なく」

黒衣が有無を言わさぬ調子で言ってくる。……まあ、まったく気にならないと言えば嘘《うそ》になるが、今の身体《からだ》でもとの場所に帰ることは難しい以上、任せるしかあるまい。

「クラスは……そうですね、高等部二年一組がよいでしょう」

「何か理由があるんですか？」

「はい。二年一組には、騎士・不夜城瑠璃が在籍しています。――学生ながら、〈騎士団〉の一角に数えられる天才です。いつ再襲撃があるかわかりません。力ある魔術師を側《そば》に置いておいて損はないでしょう」

「ああ――瑠璃のクラスですか。っていうかあいつ、そんなに凄《すご》かったんですね」

「……ふむ？」

無色が納得を示すように言うと、黒衣が不思議そうに首を傾《かし》げた。

「そういえば無色さん、彼女のことをご存じのようでしたね。お知り合いですか？」

「ああ、はい。──妹です」

「………………………………………………、は？」

長い長いの沈黙のあと。

黒衣が珍しく裏返った声を発した。

「妹さん、ですか？　あの不夜城瑠璃が？」

「ええ、まあ。とはいっても、随分昔に両親が離婚して、もう何年も会ってませんでしたけど。生き別れってやつです」

「……生き別れの妹に魔術師の園で再会したというのに、あの薄いリアクションだったのですか……？」

「はあ。だって俺は今彩禍さんの身体なわけですし、驚いて再会を喜ぶわけにもいかないじゃないですか」

「それはそうですけども。……理知的なのか滅茶苦茶《めちゃくちゃ》なのかわからない人ですね」

黒衣は何やら腑《ふ》に落ちないような顔をしたが、すぐに気を取り直すように続けた。

「とにかく、無色さんには彩禍様として、高等部二年一組に編入していただきます。

——ですがその際、注意せねばならないことが幾つかあります」

「何でしょう」

無色が問うと、黒衣は人差し指を一本立ててみせた。

「まず一つ目は——あなたが彩禍様ではないと、絶対に悟られないこと、です」

「ああ……それはそうですね。彩禍さんの名誉に関わりますし」

「それもないとは言いませんが、一番の理由は別にあります」

「というと？」

「敵が既に、彩禍様の生存に気づいている可能性があるからです」

黒衣の言葉に、無色は「……なるほど」とうなずいた。

殺したはずの相手が生きている。しかもそれは世界最強とさえ謳《うた》われる魔術師。何か自分の知らない方法を使って難を逃れたのかもしれない——それは敵にとって、少なからず警戒に値する事柄だろう。再び襲撃をするにしても、慎重にことを運ばざるを得まい。そしてその時間こそが、こちらの猶予となるに違いなかった。

だが、今の無色の状況が知られてしまったなら、敵は躊躇《ためら》うことなく襲いかかってくるだろう。何しろ今ここにいるのは、彩禍の姿をしただけの素人《しろうと》なのだ。襲撃者がどこに潜んでいるかわからない以上、言動には注意を払わねばなるまい。

とはいえ、そのためには一つ大きな問題があった。

「もちろん努力はするつもりですけど……恥ずかしながら俺、彩禍さんのこと、そんなに詳しく知ってるわけじゃないんですよね」

「承知しています」

黒衣は、無色の懸念《けねん》を察したように首肯した。

「彩禍様の記録映像を用意します。可能な限り彩禍様の言動を身につけてください」

「えっ、いいんですか⁉」

無色がテンション高く身を乗り出すと、黒衣が少し嫌そうな顔をした。

「なんだかとても見せたくなくなってきましたが……背に腹は代えられません。──一晩差し上げます。姿だけではなく、彩禍様に『なって』ください」

「彩禍さんに『なれ』……ですか」

「無茶を言っているのは理解しています。あなたという人間の尊厳に対し、失礼な物言いをしているということも。ですが今は──」

「なんだかちょっとドキドキしますね」

「ああ、はい。わたしも学習しませんね」

無色がほんのりと頰を染めながら言うと、黒衣は半眼を作りながら額に汗を滲《にじ》ませた。

「……少々調子は狂いますが、こちらとしてもありがたいことではあります。

――改めて確認しますが、学園に通っている間、あなたが本物の彩禍様でないことを誰にも悟られてはいけません。いいですね？」

「ええ、任せてください。全ては彩禍さんのために」

念を押すような黒衣の言葉に、無色は大仰にうなずいた。


「…………」

朝のホームルームが終わったあと。

指定された席に腰掛けながら、無色は無言で机に肘を突き、額に指を当てていた。

理由は単純。昨日あれだけ黒衣に念を押されたというのに、授業が始まる前からいきなり撮影会をおっ始めてしまったのである。

無論注意はしていた。無色は登校のときから、久遠崎彩禍の振る舞いを意識していた。

だが、瑠璃から撮影をお願いされた瞬間、「あっ、それ欲しい」と思ってしまい、そこから先は転がるように様々なポーズを取ってしまっていたのである。正直こうして反省している今も、写真の完成が楽しみで仕方なかった。

……いや、だが待ってほしい。瑠璃は彩禍の門弟にして、直轄機関に所属しているほどの間柄だ。その願いを無下に断るのもまた、彩禍らしくないのではあるまいか。実際今思い返しても、彩禍が写真を断るとも思えなかった。ならばあの選択は結果オーライだったのではないだろうか。しかしそうは言っても、さすがに『涼風に髪を遊ばせる久遠崎彩禍』を撮るために、いい髪のなびき方をするまで粘ったのはやり過ぎな気がしなくも――

「……いや」

そこまで考えたところで、無色はぽつりと呟いた。このまま放っておくと、脳内でリトル無色たちによる彩禍解釈会議が始まってしまいそうだった。

いろいろと反省点はあるが、こうして過ぎたことを思い悩んでいるのもまた、彩禍らしくない。大事なのはこれからだ。無色はそう思い直して居住まいを正した。

「魔女様！」

と、無色が決意を新たにしていると、そんな声が聞こえてきた。――瑠璃だ。

「ああ、瑠璃」

無色がそちらを向くと、瑠璃は手にしていたものを机の上に置いてきた。

「これは？」

「先ほど撮らせていただいた写真です！　ご所望のようでしたので一刻も早くと！」

「ほう。随分早いね」

無色は務めて平静を装《よそお》い、それを受け取った。

内心小躍りしたいところだったが、さすがにそこはぐっと堪《こら》える。

「はい！　携帯用プリンターは乙女七つ道具の一つですので！　先ほど先生が話しているときに机の下で済ませてしまいました！」

瑠璃が目をキラキラさせながら胸を張ってくる。

するとその背後から、苦笑混じりの声が聞こえてきた。

「瑠璃ちゃん……一応ホームルームも〈庭園〉のカリキュラムの一部なんだから。それに、あんまり先生をいじめちゃ駄目だよ」

見やるとそこに、〈庭園〉の制服を纏《まと》った生徒が一人立っていることがわかる。肩口をくすぐるくらいの髪を丁寧に編み込んだ、優しげな容貌の少女である。今は何やら困ったように、眉の間に皺《しわ》を刻んでいた。

「うん。もちろんわかってる」

瑠璃が、屈託のない目をしながら首肯する。少女はたらりと汗を垂らした。

「ああ……わかった上でそれなんだ……。もう、いつもは私が注意される側なのに、瑠璃ちゃんは魔女様が絡《から》むとこうなんだから……」

「だって魔女様の制服姿よ？　もう一回言うけど、魔女様の、制服姿よ？　こんな奇跡一生に一度あるかないかよ？　大丈夫？　もう一回言う？」

「う、ううん……大丈夫。熱意は伝わったから……」

熱っぽい瑠璃の言葉に、少女が一歩後ずさる。その様子を見て、無色は小さく笑った。

「すまないね。わたしの気まぐれが迷惑をかけてしまったようだ。ええと──」

「あ……！　も、申し遅れました。嘆川《なげかわ》緋純《ひずみ》と申します。瑠璃ちゃんとは寮で同室で……」

緋純と名乗った少女が、慌てた様子で頭を下げてくる。無色は小さく頭を振った。

「そう畏《かしこ》まらないでも大丈夫だよ。今のわたしは学園長ではなく、ただのクラスメートだからね。むしろいろいろ教えてくれると助かる」

「は、はい……」

無色が言うと、緋純が恐縮するように肩をすぼめた。

するとそんな二人のやりとりを見てか、瑠璃がぷくー、と頬を膨らす。

「瑠璃？」

「私だって、できますし」

「え？」

「確かに緋純は教え上手ですけど？　私だって魔女様のお役に立てますし？　ご所望とあらば常にお側《そば》に侍《はべ》って学園生活を完全サポートいたしますし？」

言って、腕組みしながらつーん、と顔を背けてみせる。どうやら拗《す》ねているらしい。

「はは、そう拗ねないでくれ。瑠璃のことも頼りにしているよ」

そのなんともわかりやすい様に、無色は思わず苦笑してしまった。――何となく、昔のことを思い出してしまったのである。

思えば、こうして顔を合わせるのは何年ぶりになるだろうか。無色の記憶の中にあるのは、まだ小さい彼女の姿だった。そういえば、今に比べて髪もだいぶ短かった気がする。まさかこんな場所で、しかも別人の身体《からだ》で以《もっ》て再会することになるなどとは夢にも思わなかったが――

「……魔女様？　何か私の顔についていますか？」

と、瑠璃が不思議そうに無色の顔を覗《のぞ》き込んでくる。

思いの外長く感慨に耽《ふけ》ってしまっていたらしい。無色は誤魔化すように首を振った。

「ああ、いや――髪がね。綺麗《きれい》だと思って。短いのも可愛《かわい》かったけれど、長いのもよく似合っているよ」

「まあ」

無色が言うと、瑠璃はポッと頬を赤らめた。

「魔女様ったらお上手。そうなんです。昔はショートだったんですけど、兄様が『髪の長い女の子が好き』というので伸ばし始めて――」

そこで瑠璃が、何かに気づいたように首を傾《かし》げた。

「あれ？　魔女様、私がショートヘアだった頃の写真、お見せしたことありましたっけ？」

「あ」

言われて、無色は短く言葉を漏らした。

――またやってしまった。どうやらそれは、彩禍の知らない情報だったようだ。

だが、ここで慌てて取り繕うのはもっと彩禍らしくない。無色は、緊張に脈打つ心臓の鼓動を無視して、至極優雅にウインクをしてみせた。

「ふ――わたしは瑠璃のことなら何でもお見通しだよ？」

「ずきゅ――――ん！」

無色の言葉に、瑠璃が心臓を打ち抜かれたかのような調子で胸を押さえる。

そしてそのままよろめくと、息絶え絶えといった調子で近くの机に手を突いた。

「さ、さすが魔女様……危うくペロペロしちゃうところだったぜ……」

瑠璃が手の甲で口元を拭う。それを見てか、緋純が汗を垂らしながら苦笑した。

瑠璃のおかげもあってか、なんとか誤魔化せたらしい。無色は二人に気づかれぬようホッと胸をなで下ろした。

◇

「──二つ目の注意点は、魔力の扱いについてです」

再び時は遡り、学園長室。

一つ目の注意点を説明したあと、二本目の指を立てながら黒衣がそう続けた。

「魔力の扱い……ですか。それが何なのかさえよくわかってないんですけど……」

「生きとし生けるものに宿るエネルギーのことと思っていただければ間違いありません。大別して、世界に満ちる外在魔力と、個々人に宿る内在魔力の二つに分類されます。それぞれ、大魔力《マナ》、小魔力《オド》とも呼ばれますね」

説明に手振りを加えながら、黒衣が続ける。

「細かい説明は省きますが──彩禍様の内在魔力は、常人のそれを遥《はる》かに上回ります。それこそ、通常の魔術師ならば外在魔力に頼らねば使用できない規模の術を、個人の力のみで発動させてしまえるほどに」

「はい。すごいのです。しかし今、その瀑布《ばくふ》の如《ごと》き膨大な魔力が、制御されず常に放出状態になってしまっています。――身体の周りに何か見えませんか？」

「……………え？」

言われて、両手に視線を落とす。

目を凝らすと、何となく身体の周囲がぼんやりと光っているような気がした。

「わっ……なんですかこれ」

「それが彩禍様の魔力です。わたしの言葉によってその存在を意識したことにより、感じ取れるようになったのでしょう」

「えっ、そんな簡単に見えるものなんですか？」

「まさか。本来であれば魔力を知覚するのに、若年でも平均一年程度はかかると言われています。今あなたの目は彩禍様の目であることをお忘れなく」

黒衣が注意をするように言ってくる。

「力ある魔術師には、今のあなたの魔力は既に感知されていると思ってください。幸か不幸か、彩禍様は命を狙われたばかりですので、常に周囲を警戒して気を張っていると取れないこともありませんが……いつまでもこのままというわけにもいかないでしょう」

「そうですね……彩禍さんが垂れ流しはよくないですよね」

「語感は気になりますが、その通りです。まずはその魔力を体内に押さえ込む感覚を身につけて――いえ、『思い出して』ください」

「思い出せ、ですか」

奇妙な表現に、無色はふむ、と腕組みした。

「はい。今魔力の感知が可能になったように、それらは彩禍様の身体にもともと備わっている機能なのです。ただ、今身体を動かしているあなたがその感覚を知らないがために、その力が働いていない。必要なのは自覚と認識です」

ただ、と黒衣が続ける。

「魔力というのはそれ自体が強力なエネルギーでもあります。呪文や陣、術式を用いずとも、ただ集めて投げつけるだけでも相応の破壊力が生じます。いわんや、世界最強である彩禍様の魔力ならば――」

黒衣は脅かすような語調でそう言うと、くれぐれもご注意ください、と言葉を結んだ。


――一限目、座学。

当然といえば当然だが、授業の時間になっても、教室内の雰囲気は相変わらずだった。

いや、もっと正しく言うならば、ホームルームのときよりも、一層緊張感が増していた。

『…………』

さすがに無遠慮に視線を向けてくることはしないものの、教室内にいる全員が、無色の一挙手一投足に注意を払っているのがわかる。もし無色がくしゃみの一つでもしようものなら、驚いて椅子から転げ落ちてしまう生徒もいるかもしれなかった。

「…………」

無色はそこはかとない居心地の悪さを覚え、小さく吐息した。

すると隣の席に座っていた瑠璃が、他の皆に聞こえないくらいの声で話しかけてくる。

「──大目に見てあげてください。みんな緊張しているんです」

そしてそう言って、ふっと微笑《ほほえ》む。

ちなみに瑠璃はホームルームのときまで離れた席に座っていたのだが、なぜか授業が始まる頃にはここにいた。

もともとそこに座っていた生徒は、先ほどまで瑠璃がいた席に座り、小刻みにプルプル震えていた。一体どんな交渉をしたのだろうか。

「……ああ。それはわかっているよ。ただ、どうにも不思議な気分だね。目に見えない手で全身を撫《な》で回されているような感覚だ」

「まあ、仕方ありません。何しろ魔女様がこんなに近くにいるわけですから。意識するなという方が無理な話です」

「そうだね。……ところで、目に見えない手で全身を撫で回されるわたしという表現は、よくないと思いつつもちょっとドキドキしてしまうね？」

「えっ、私の思考読みました？」

瑠璃が頬を染めながら目を丸くしてくる。

彼女が天才と呼ばれる理由の一端を知った気がした無色だった。

「──え、ええと……じゃあ、気を取り直して、授業を始めるわ」

と、あまり気が取り直せていないような調子で言ったのは、教卓の前に立ったこのクラスの担任教師、栗枝巴だった。どうやら一限目は彼女の受け持ちらしい。

彼女が震える指で背後のボードに触れると、そこにぼんやりとした光が灯《とも》る。どうやら電子黒板のようだ。

生徒たちの机の上には、タブレット端末が見受けられる。近代的──否《いな》、近未来的とさえ言っていい。『魔術学園』という響きから無色が想像したものとはかけ離れた光景ではあった。

ちなみに黒衣にその辺りのことを質問してみたところ、「……？　電気で済むことになぜわざわざ魔術を使うのですか？」と不思議そうに言われた。ぐうの音も出なかった。

「――で、では、昨日の続きから。魔術史における五大発見と変革について……」

巴が、微《かす》かに震える指先で黒板を操作しながら、授業を開始する。

生徒たちは、無色の反応に注意を払いながらも、タブレットに視線を落としたり、メモを取ったりし始めた。

「……みんな知っての通り、魔術の歴史は、大まかに五つの世代に区分されるわ。『魔力の発見』、『呪文の使用』、『陣や図の使用及び物質への付与』――」

「……ふむ」

そんな授業を聞きながら、無色は軽くあごを撫でた。

当然と言えば当然だが、巴の言っていることが、何一つ理解できなかったのである。

とはいえ、無色としても時間を無駄にするわけにはいかない。何しろ無色と彩禍、二人の命がかかっているのである。

無色は授業を止めてしまう申し訳なさを感じつつも、そろそろと手を挙げた。

「あの、ちょっと――いいかな？」

『………！』

瞬間、教室中の視線が無色に集まった。

元からぴりついていた空気がさらに研ぎ澄まされ、生徒たちの表情にも緊張が走る。

一体学園長が何を発言するのか──その一挙手一投足を見逃すまいと、皆が固唾を呑《の》んで無色の動向を見守っていた。

「ひ──っ、な、なななななな何か至らぬ点がございましたでしょうか……っ⁉」

巴はというと、今にも泣き出してしまいそうな様子で肩をすぼませ、身を震わせていた。

こう言っては申し訳ないが、冷たい雨に打たれて震える捨て犬のような様相である。

「ああ、いや、少し聞きたいことがあっただけさ」

「は、はあ……な、なんでしょうか……」

怯《おび》えるような様子で、巴が聞き返してくる。

無色は、皆に笑われてしまうかもしれないと思いつつ、その質問を口にした。

「非常に初歩的な質問で恐縮なのだが……魔術とは何か、簡単に教えてもらえないかな」

『──────⁉』

無色の問いに。

教室中が、ざわ……！　と騒然となる。

「……ま、魔術とは……何か……？」

「言葉通りの意味なわけがない……これは簡単に見えて恐ろしく深い問いだぞ……！」

「魔術の根幹を問う哲学的命題……『人間とは何か』を問われているに等しい……！」

「学会とかでよくあるやつだ！　素人質問《これからおまえをボコボコにする》で恐縮ですが！　ワタシ魔術チョットダケワカル……！」

「気をつけて先生……！　魔女様の問い……もしも言葉を誤れば――」

などと、無色の質問を深読みし過ぎた生徒たちの呟《つぶや》きが、教室中に舞い踊る。本人たちは声をひそめているつもりなのかもしれなかったが、ばっちり全部聞こえていた。

そんな声を聞いてしまったのか、聞くまでもなかったのかはわからなかったが、巴の顔が真っ赤を通り越して真っ青になる。

一応は答えを返そうと考えを巡らせていたようだったが、やがて彼女は顔面から身体《からだ》中の水分を噴き出すかのような調子で、教卓に頭を擦りつけた。

「……っ、も、ももももも申し訳ございません魔女様……！　この浅学の身、魔女様の深遠に過ぎる問い掛けに答えるには修行が足りず……！　何卒《なにとぞ》、何卒、命ばかりは……！」

「いや、普通に教えてほしいだけなのだけれど」

無色は困惑顔を作ると、小さく呟きながら頬をかいた。

すると巴は、ちらちらと無色の顔色を窺《うかが》うように数度こちらに視線を寄越したのち、恐る恐る顔を上げてきた。

「ほ、本当に普通でいいんですか……？」

「ああ。初心者でもわかるように頼むよ」

「で、では、失礼して……」

　おっかなびっくりといった様子で、巴が説明を始める。

「ま、魔術というのは、魔力を用いて様々な現象を起こす技術の総称です……様々な種類が存在しますが、この〈庭園〉で主流となっているのは、魔力を物質化する顕現術式です……で、合ってますよね……？」

　不安そうに巴が生徒たちの方を見る。皆が、『大丈夫』『がんばれ』というようにうなずいた。

「…………」

　しかし無色は、難しげにあごを撫でた。——正直、まだ今ひとつわからない。

「具体的なやり方を教えてくれるかな？　もっとも初歩的なものでいい」

「え……？　は、はあ……」

　巴はそろそろと手を掲げると、人差し指を一本立ててみせた。

「私が昔教わったのは、こう、指を回して、それに魔力を纏《まと》わり付かせる練習法でした

「……指を棒、魔力をわたあめとイメージするとやりやすいと……」

言って、指をくるくると回す。

目を凝らすと、彼女の身体にうっすらと張り付いていた光が、指に集まっていくのが見える気がした。

「ふむ」

なるほど、あれくらいならばできそうである。黒衣も、直感的に「できそう」と思える感覚が大事だと言っていた。

無色は巴に倣《なら》って指を立てると、わたあめをイメージしながらくるくると回してみた。

瞬間。

指先に巨大な魔力のわたあめが、ギュオッ！　と生成されたかと思うと——

そのまま巴の髪を掠《かす》めて電子黒板に炸裂《さくれつ》。周囲の壁、床、天井を抉《えぐ》り取るように消滅させた。

「——へっ？」

突如として、教室の前方に円形の大穴が開く。その際壁や天井の内側を通っていた電気配線が断線してしまったのだろう、教室の電気が消え、穴の断面からバチバチと火花が散った。それに合わせて外から風が吹き込み、半ばで断ち切られた巴の髪の一部が、ふわり

と舞い上がる。

「————こひゅっ————」

真に驚いたとき、人は悲鳴さえ発せないらしい。

巴はぐりんと白目を剝《む》くと、糸の切れた人形のようにその場に倒れ込んだ。

「せっ、先生《せんせ》ぇぇぇぇぇぇっ⁉」

「本当に初歩の初歩を教えてどうするんですかぁぁぁぁぁっ！」

「怒りをお収めください魔女様……！　先生は決して魔女様を馬鹿にしていたわけでは……ッ！」

突然のことにポカンとしていた生徒たちが、巴の崩落に合わせて我に返ったように叫びを上げる。

そんな中、無色の隣に座った瑠璃だけは、感服したように腕組みし、ゆっくりとうなずいていた。

「単純魔力だけでこの威力——さすがです、魔女様。如何《いか》に魔術が複雑化しようと、技術に溺れてはならないという戒めですね。肝に銘じさせていただきます」

自信満々な瑠璃の言葉に、悲鳴じみた声を上げていた生徒たちが「え……そういうことなの……？」というような顔をしながら無色の方に視線を送ってくる。

「…………」

無論そんなことはない。ただの事故だ。

だが、最強の魔術師がそんなミスをするなどと思われるわけにはいかない。

「――ふ。精進したまえよ、諸君？」

無色は未《いま》だバクバクと鳴る心臓の鼓動をどうにか抑えるようにしながら、平静を装《よそお》って、極彩の魔女らしい一言を述べた。

……このミッションは、思いの外ハードルが高いのではないかと思う無色だった。

◇

――昼休みを跨《また》ぎ、五限目。

無色はクラスの面々とともに、学舎から、練武場と呼ばれる施設へと移動していた。

〈庭園〉の西側に位置する、巨大な建造物である。見慣れない紋様が描かれた広大なフィールドの周囲を、これまた見慣れない機械が覆っている。段状になった観覧席に、開閉式の天井。体育館や運動場というよりも、スタジアムかドーム、さもなくば古代ローマのコロッセオといった様相であった。

なんとも豪壮、かつ大仰な施設である。本来ならば無色も、フィールドの中央に立ちながら辺りをぐるりと見回し、感嘆を漏らしていたかもしれない。

だが、そうはならなかった。

理由は二つ。

一つは、それが彩禍らしからぬ行動であったから。

もう一つは——無色が、別のものに夢中だったからだ。

「ほうほう……なるほど……これはこれで……」

小さな声で呟きながら、自分の姿を見下ろす。

そう。五、六限目は実技科目ということで、無色は先ほどまで着ていた制服から、動きやすそうな運動着に着替えていたのである。

半袖のトップスに長めのインナー、ハーフパンツ。軽やかな肌触りながら、制服と同じ素材で縫製されているらしく、かなり強靭《きょうじん》らしい。

一見すると、神秘的な容貌の彩禍には似つかわしくないアクティブな装いである。だが、そのミスマッチの妙が、無色も想像だにしなかった彩禍の新たな魅力を開花させているように思えてならなかった。正直、この場に姿見《すがたみ》がないのが惜しくて仕方ない。

と、無色がそんなことを考えていると、後方から息を詰まらせる音が聞こえてきた。

「……っ！　運動着姿の魔女様……ッ!?　こ、こんなことがあっていいの……!?　こんなの絶対期間限定ガチャじゃん……ひ、引かないと……！」

無論、瑠璃だ。無色と揃《そろ》いの運動着に身を包み、何やら混乱するように目をぐるぐるさせている。

そのまま写真を撮るような仕草をするが、その手には何も握られていない。瑠璃は口惜《くちお》

しそうに、練武場の床に踵《かかと》を叩《たた》き付けた。

「くー……っ、なんで私は今カメラを持っていないの⁉」

「更衣室に置いてきたからじゃないかな……」

瑠璃の後方に立っていた緋純が、ぽりぽりと頬をかきながらそれに返す。

「なんで置いてきちゃったの⁉」

「実技の授業だからじゃないかな……」

瑠璃と緋純がそんなことを話していると、練武場の奥から、一人の男がどこか気怠《けだる》げな

足取りで歩いてきた。

「ふぁあ……、おう、とっとと集まれガキ共」

言って、眠たげにあくびをする。

その姿を見て、無色は微《かす》かに眉を動かした。

そう。練武場に現れたのは、昨日無色と対峙《たいじ》した〈騎士団〉の一角、アンヴィエット・

スヴァルナーその人だったのである。そういえば、平時は教師だという話だった。どうやったのかは知らないが、もうすっかり傷は治ったらしい。その身にもう包帯は見受けられない。

今は昨日のようなスラックスやベストではなく、黒地に金色のラインが入ったジャージを纏っていた。まあ、首元や手首には相変わらず大小様々なアクセサリーがぶら下げられているものだから、あまり運動に適しているような装いにも見えなかったけれど。

「んじゃ始めっぞ。準備運動終えたら、顕現術式の基礎修練から——」

と、アンヴィエットがそこで言葉を止め、無色の方を睨《にら》んできた。

「……あァ？　ンなトコで何してやがんだテメェコラ久遠崎。しかも生徒みてェな格好しやがってよ。今度は何の遊びだ？」

言って、凄《すご》むように眉根を寄せてくる。

するとで無色が言葉を返すより先に、瑠璃が腰に手を当てながら一歩前に歩み出た。

「おや、昨日の今日でもう忘れたんですか？　定例会で仰《おっしゃ》っておられたでしょう。生徒として学園にお通いになられると」

「はァ？　あれ本気で言ってたってのかよ。一体どういう了見だ？」

アンヴィエットが片眉を上げながら問うてくる。

しかし無色は慌てず、ふっと頬を緩めてみせた。

「ああ――どうもこのところ身体《からだ》が鈍《なま》っていてね。初心を取り戻すために訓練をしておこうと思ったのさ。生徒たちの様子を直《じか》に見ることもできるし、それに――」

そして芝居がかった調子で、不敵に微笑《ほほえ》む。

「――教師の能力が本当に水準に達しているか、査察もできるだろう？」

「……あァ⁉」

無色の言葉に、アンヴィエットが額に血管を浮き上がらせる。

まあ、それはそうだろう。何しろ婉曲《えんきょく》に、自分が能力不足と言われたようなものなのだ。

とはいえ、その反応も狙い通りではある。

黒衣曰《いわ》く、瑠璃はそもそも彩禍の行動に異論を挟まない。エルルカは理解を示してくれる。アンヴィエットは突っかかってくるかもしれないが、上手《うま》く煽《あお》ってやれば誤魔化せる、とのことだった。

「上等じゃねェか。だがそれなら、その前に自分の立場をしいぃっかり自覚してもらわねェとなァ？　理由はどうあれ、テメェは今〈庭園〉の学徒なワケだ。教師に対する口の利《き》き方がなってねェんじゃねえのか？　あ？」

「な……！　アンヴィエット、あなた——」

挑発するようなアンヴィエットの言葉に、瑠璃が眉をひそめる。

が、無色は瑠璃を抑えるように手を掲げ、小さく微笑みながら続けた。

「——ふ、そうでしたね。失礼した、先生？」

「…………ッ」

あくまで慇懃《いんぎん》に、しかし不敵な調子で言うと、アンヴィエットはさらに顔を怒気に染めた。正直目の前で凄まれているのでちょっと怖かった。

だが、彩禍ならば恐れない。無色は緊張しながらも、それを表に出さないよう努めた。

「……いいぜ。テメェがそのつもりなら徹底的にシゴいてやるよ。途中で泣いても知らねェからな！」

やがてアンヴィエットが捨て台詞《ぜりふ》のようにそう言って、後方に歩いていく。

そして、固唾《の》を呑んで二人の言い合いを見守っていた生徒たちに、怒鳴り声を上げた。

「おら、何ボケッとしてやがるガキ共！　とっとと準備運動始めやがれ！」

『は、はいっ！』

生徒たちが一斉に返事をし、慌てて整列したのち、柔軟運動を始める。

どうやら決まった手順があるらしい。無色は前の生徒の動きを真似《まね》て、手足を動かした。

するとそこに、アンヴィエットの怒声が飛んでくる。

「惰性でやってんじゃねェぞ久遠崎！　しっかり腱《けん》を伸ばしやがれ！　怪我《けが》は油断からだぞゴルァ！」

「え？　ああ……すまない」

無色は言われるままに、足の腱をしっかり伸ばした。

するとまたも、アンヴィエットが叫んでくる。

「終わったらトラック三周だ！　チンタラしてんじゃねェぞ！」

「ああ——、ん？　三周でいいのかい？」

徹底的にシゴくというものだから、てっきりもっと無理難題をふっかけてくるものかと思っていた。拍子抜けしたように返す。

するとアンヴィエットがのしのしと歩いてきて、不良漫画のような調子で凄んできた。

「バカかテメェ。準備運動だぞ。オーバーワークが却《かえ》って身体に負担をかけるってのは常識だろうがコラ。テメェ仮にも教育者か？　がむしゃらに数こなすより、一回一回の質を上げげんだよ。手の振りと歩幅を意識しやがれクソが！」

「あ、ああ」

なんだか不思議な気分になりながらも、生徒たちとともにトラックを走る。

そんな無色の心中を察してか、隣を走っていた緋純が苦笑しながら言ってきた。

「あはは……アンヴィ先生、顔は怖いし口も悪いんですけど、言ってることは真っ当なんですよね……」

すると、瑠璃が涼しい顔をしながら続けてくる。

「根が真面目なのでしょう。魔女様は憎いものの、自分の生徒である以上雑には扱えないというジレンマが滲《にじ》み出ています。無理に悪ぶらなければいいものを」

「…………」

少しアンヴィエットに対する印象が変わった無色だった。

そうこうしているうちにジョギングが終わり、生徒たちが再度練武場の中心に集まる。

アンヴィエットがその前に立った。

「身体は温まったな。じゃあ早速始めんぞ」

言いながら、アンヴィエットが、手にしていた金属製のボールのようなものを放る。

すると、ボールの周囲にぼんやりとした光が宿り、その光が、手足のような形を取っていった。そしてそのまま、ぴょんぴょんと跳びはねてみせる。どうやら、移動式の的のようなものらしい。これも魔術の一種だろうか。何とも不思議な技術だった。

「まずは――不夜城。テメェだ」

「はい」

指名を受け、瑠璃が一歩前に進み出る。無色に倣《なら》ったのか、それとも日頃から授業のときはけじめを付けているのか、先ほどよりはやや丁寧な口調だった。

「では魔女様、お先に」

「ああ、お手並み拝見といこう」

無色が言うと、瑠璃はほんのりと頬を染めながら、「いよっし！」とやる気を漲《みなぎ》らせた。

意識を集中させるように、すうっと目を細め――手を前方にかざす。

「〈千日不夜城《せんじつふやじょう》〉第二顕現――【燐煌刃《りんこうじん》】」

そしてその名を唱えた瞬間――

彼女の頭部に、瑠璃色に光り輝く紋様が二つ、現れた。

――界紋《かいもん》。顕現術式を扱う際に現れるという、光の紋様。

彩禍の頭上や、アンヴィエットの背に輝いた光輪と同じものだ。けれど瑠璃のそれは、天使の輪や後光というよりも、勇猛な兜《かぶと》の面、もしくは怒れる鬼の形相を思わせた。

そしてそれに次いで、前方にかざされた瑠璃の手が光り輝き――やがてそこに、長柄の武器のようなものが出現する。

刃《やいば》の部分が揺らめく光で形作られた、長大なる薙刀《なぎなた》。瑠璃はそれを軽々と振り回すと、柄を脇で固定するように構えを取った。

「――――」

その幻想的な様に、無色は思わず目を見開いた。

アンヴィエットの第二顕現と、彩禍の第四顕現は昨日目にした。

けれど、こうして第三者の位置で、落ち着いてその顕現を観察するのは、初めてのことだったのである。

「――いつでもどうぞ」

瑠璃が、静かな口調で告げる。

それを受け、アンヴィエットが指を鳴らすと、その前方で待機していたボールが、光る手足を伸縮させ、高速で移動し始めた。

攻撃を当てるどころか、写真に収めることさえ困難であろうスピード。

しかし、瑠璃は慌てる様子もなく視線を研ぎ澄ますと、

「――ふッ――」

短い吐息とともに、薙刀を振り抜いた。

輝く刀身の軌跡が、三日月のような形を描く。

次の瞬間、瑠璃の背後に、真っ二つに両断されたボールが、重い音を立てて落下した。

まったく無駄のない、研ぎ澄まされた一撃。

一拍おいて、生徒たちの『おお……っ』という声が、辺りに満ちた。

「ふん、まあ及第点ってところだな」

アンヴィエットが、小さく鼻を鳴らしながら腕組みする。

すると瑠璃が、手から薙刀を消しながら応じた。

「恐縮です。先生のことですから、てっきり派手で無駄の多い攻撃しか評価できないのではないかと心配していました」

「あア？」

アンヴィエットが眉根を寄せる。すると汗を滲ませた緋純が慌てた様子で瑠璃の背を押し、その場から遠ざけた。

「ちっ……まあいい。次は久遠崎。テメェがやれ。どんな気まぐれか知らねえが、せっかくの機会だ。学園長先生のお力を、せいぜいガキ共に見せてやるんだな」

言いながら、アンヴィエットが再びボールを放る。

「あ、いや、わたしは――」

無色は咄嗟《とっさ》に断る口実を思い浮かべた。

それはそうだ。座学の際、適当に魔力を集めただけで教室を破壊してしまったのである。

彩禍の魔力を制御し切れていない自分が実戦訓練などしたら、何が起こるかわからなかった。

『…………』

が、生徒たちにジッと見つめられ、無色は小さく首を振った。……正直上手くできるか不安で仕方なかったのだが、ここで尻込みするのは彩禍らしくないと思ってしまったのである。

「ああ――うん。では、試させてもらおうか」

無色は自信満々を装《よそお》って、足を一歩前に踏み出した。

昨晩黒衣に教わったこと、昨日アンヴィエットと対峙《たいじ》したときのこと、そして、つい今し方目にした瑠璃の魔術を頭の中に思い浮かべながら目を伏せる。

最新の魔術式――顕現術式。形無きものに形を与える、奇跡の業。その根幹は魔力の物質化にある……とのことだ。

粘土細工のように、魔力をぐにぐにとこねるようなイメージ。

なぜだろうか。初めてのはずのその感覚が、やけに手に馴染《なじ》むような気がした。

とはいえ、注意せねばならない。やりすぎてしまっては教室の二の舞である。

できるだけ出力を抑え、小さく、静かに、無難に。小指の先で対象を弾くように――

「――っ!?」

無色は、ハッと目を見開き、顔を上げた。

そこで、気づく。いつの間に無色の前方に回り込んだのか、目の前にアンヴィエットと瑠璃の姿があることに。

そしてその両方が、顔中にびっしりと汗を滲ませ、呼吸を荒くしていることに。

――そう。まるで、強大な敵に対峙したかのように。

それだけではない。アンヴィエットの背には二重の光輪が、瑠璃の頭部には鬼の面のような紋様が浮かび、それぞれの手に、三鈷《さんこ》と薙刀が握られている。

第二顕現。〈庭園〉最高戦力と謳《うた》われる騎士たちが、揃《そろ》って臨戦態勢を取っていた。

「えっと――」

何が起こっているのかわからず、無色がキョトンとしていると、アンヴィエットのあごを伝って、大粒の汗がぽたりと落ちた。

「く……ッ、久遠崎、テメェ……今何する気だった……？　練武場――いや、〈庭園〉ごと吹き飛ばすつもりか……ッ!?」

「え――？」

するといで瑠璃が、くずおれるような勢いで地面に正座する。

「もっ、申し訳ありません、魔女様……！　魔女様に刃を向けるなど……！　ですが、身体《からだ》が勝手に動いてしまい……」

言って、瑠璃が頭を深々と下げる。

「や、その」

何が何だかわからないが、無色は何かをやらかすところだったらしい。

無色は、どう反応するのが正解かと思い悩み――

「……ふ。二人とも、いい反応だね……？」

やや苦しい言い訳と自覚しつつも、素直に二人の騎士を褒めることにした。

まあ、瑠璃はまだしも、アンヴィエットは未《いま》だ無色を睨《にら》んだままだったが。

「…………」

……まさか、あんなにも力を抑えたつもりでも危険だとは。無色は自分の白く華奢《きゃしゃ》な手を見下ろしながら、改めて自分が手に入れてしまった力の大きさを思い知った。

◇

――五、六限目の授業は、その後つつがなく進行し、特に何事もなく終了した。

まあ、無色はアンヴィエットの言いつけで、あのあと何をするでもなく、ずっと授業を見学させられていたのだが。

とはいえそれに文句を付ける気はない。むしろ、無色にとってはありがたい措置だった。

何しろ、有り余る彩禍の魔力の使い方が、まだ今ひとつ摑《つか》み切れていないのである。生徒たちの魔術を目の前で見られるのは、非常に得がたい時間であった。

また、生徒たちにとっても、学園長である彩禍に至近距離で見られているという状況はいい刺激になったらしい。偶然とはいえ、アンヴィエットは双方にとってベストな采配をしてくれたようだった。

「——さ、じゃあ行きましょうか、魔女様、緋純」

と、アンヴィエットが去ったのち、瑠璃が伸びをしながら言ってくる。

体育座りをしていた無色はそれに応ずるようにうなずくと、その場に立ち上がった。

「ふふ、授業風景をこんな間近で見る機会はあまりないから、いい刺激になったよ」

「あはは……正直緊張で何したかよく覚えてないですけど……」

「ええ？ もったいない。魔女様に魔術を見てもらえるなんて滅多にないのに」

三人で話をしながら、練武場の側《そば》に併設された更衣室へと歩いていく。

と——

「——あ」

更衣室に入ったところで、無色はぴたりと足を止めた。

理由は単純。女子更衣室には既にクラスメートたちが幾人もおり――

その大半が、あられもない下着姿だったのである。

「……っ！」

心臓がびくんと跳ねる。無色は自分の油断を呪った。

考えてみれば当然の話ではあるのだ。無色は今彩禍の姿をしており、使用するのは女子更衣室。そして更衣室とは取りも直さず、衣服を着替える場所なのだから。

それを理解していたからこそ無色は、五限目が始まる前の休み時間、皆が着替えを終えたのを確認してから、最後に更衣室に入っていたのである。

だが、今は瑠璃や緋純と話していたため、完全にそれを失念してしまっていた。もしかしたら、一日の授業が終わったという油断もあったかもしれない。目の前に広がる少女たちの園に、一瞬身動きが取れなくなってしまう。

「はー……なんかいつにも増して疲れた……」

「まあねー。でも光栄だよ。魔女様に直接見てもらえるなんて」

「慌てたアンヴィ先生、ちょっと可愛《かわい》くなかった？」

「わかる。悪ぶってる男ほど攻められると弱いって説が最近の学会では支配的だし」

「あ、終わったらスプレー貸してー」

「んー」

——などと。

うら若き乙女たちが、気安い会話をしながら、何恥じらうことなく肌を晒《さら》している。

普段は目にすることの叶《かな》わない乳房や臀部《でんぶ》が、頼りなげな薄布一枚のみに包まれた状態で、幾つも無色の前に並んでいた。

「……、——」

彩禍に一目惚《ひとめぼ》れし、操《みさお》を立てた無色ではあるけれど、だからといって他の女性に何の感情も抱かなくなるかと言われれば、それは否《いな》であった。

悲しいかな、生殖動物の雄としての性《さが》である。年頃の少女たちの柔肌が、声音が、匂いが、無色の脳に痺《しび》れるような刺激をもたらしていた。

「……？　どうかされましたか、魔女様」

「顔色が悪いみたいですけど……」

と、そんな無色の様子に気づいたのか、瑠璃と緋純が怪訝《けげん》そうな声を響かせてくる。

「あ、ああ、いや——」

無色はなんとか誤魔化そうと、頭を振りながら返そうとした。

が、二人の姿を見て、再び身体の動きを停止させてしまう。

どうやら瑠璃と緋純もまた、無色がフリーズしている間に着替え始めていたらしい。要するに――二人とも、他の少女たちと同様に運動着を脱ぎ、下着のみを身につけた状態で立っていたのである。

「――」

その佇《たたず》まいに、しばし見入ってしまう。

瑠璃は仮にも妹。昔は一緒にお風呂《ふろ》だって入っていた。如何《いか》に下着姿とはいえ、目を奪われるなどあり得ない。――無色もそう思っていた。つい数瞬前までは。

だが、数年目にしていなかった妹の艶姿《あですがた》は、予想だにしない鮮烈さで以《もっ》て無色の意識を揺さぶってきたのだ。

淡いブルーで揃えられた、シンプルな意匠のブラとショーツ。それに抱かれる肉体は、無駄なものが一切削《そ》ぎ落とされたかのような洗練された雰囲気を漂わせていた。戦士と少女。相反する二つの要素が同居した、スレンダーな肢体。無色は、半ば無意識のうちにごくりと息を呑《の》んでいた。

反して、緋純のシルエットは瑠璃と対照的である。暖色系の下着に優しく包まれていたのは、制服や運動着の上からは気づけなかった大量破壊兵器だったのだ。

『着痩せ《KIYASE》』――無色の脳裏に、古文書に綴《つづ》られた伝説の言葉が浮かび上がる。人畜無害そうな緋純の顔立ちと、扇情的かつ肉感的なフォルム。その二つが一体となって、無色の脳を混沌《こんとん》の底へと叩《たた》き落とした。

――よくない。これは、よくない。

無色は顔中に汗が滲《にじ》むのを感じた。ただでさえ不意打ちじみた衝撃に動悸《どうき》が激しくなっているというのに、この追撃は非常にまずい。知り合いの下着姿というのが、ここまで心を乱すものとは思いも寄らなかった。なんとか平常心を取り戻さねば――

「……っ⁉　え、ぁ――」

瞬間。無色は、身体がかぁっと熱くなるのを感じた。

一瞬、興奮によって目眩《めまい》を覚えでもしたのかと思ったが――違う。

身体中を流れる血潮が熱を帯びるかのようなその感覚は――

「…………！」

無色は言い知れぬ焦燥感に突き動かされるように、更衣室の奥にある扉の先へと飛び込んだ。そしてそのまま、力任せに扉を閉める。

なぜかはわからないが、あのままあの場所にいてはいけない気がしたのである。

無色が飛び込んだ先はシャワールームのようだった。幾つものシャワーがずらりと並び、簡易的な仕切りと、上部と下部が開いた扉でスペースが区切られている。

実技の授業程度でシャワーを使う者はいなかったのか、それとももう汗を流したあとなのかはわからなかったが、人の姿は見受けられない。無色はとりあえず安堵《あんど》の息を吐いた。

『魔女様⁉　どうしたのですか⁉』

扉の向こうから、泡を食ったような瑠璃の声が聞こえてくる。

それはそうだろう。何しろ、突然彩禍がシャワールームに立て籠もったというのだ。

「あ、ああ……心配しないでくれ。ちょっと──」

と、無色は瑠璃に言い訳しようとしたところで、言葉を止めた。

身体が、ぼんやりと発光し始めたのである。

「な、これは……」

一体自分の身に何が起こっているのかわからず、目を丸くする。

──数秒後、徐々に輝きが収まっていったかと思うと、先ほどまであった灼熱《しゃくねつ》感もまた、段々と鎮《しず》まっていった。

とりあえず、大事はなさそうである。無色はほっと胸をなで下ろした。

「何だったんだ、一体──」

だが。

ぽつりとそう呟《つぶや》いたところで、無色は途方もない違和感を覚えた。

自分の喉から発された声が、聞き覚えのない——否、あまりに聞き覚えがありすぎるものに変貌していたのである。

「…………!?」

無色は息を詰まらせると、自分の手に視線を落とした。

——違う。

そこにあったのは美しい彩禍の指ではなく、少し無骨で筋の張った、少年の指だった。

それどころか、胸元に備わっていた立派な乳房までもが何処《どこ》かへ消え失《う》せている。

「まさか——」

無色は辺りを見回すと、壁際《かべぎわ》に走っていき、少し高い位置にある窓ガラスを覗《のぞ》き込んだ。

「————」

そこに映し出された顔を見て、しばしの間言葉を失う。

それはそうだ。ガラス越しに、驚愕《きょうがく》の表情で以て無色を見つめていたのは——

『玖珂《くが》無色』その人だったのだから。

「なんで……俺……？」

そう。目にかかる長い前髪。どこかぼんやりとした印象の双眸《そうぼう》。生白い肌。

それは紛れもなく、彩禍と合体する前の、無色の貌だった。

確かに、無色は教えられていた。二人は合体した状態にあり、今は彩禍の要素が強く表に出ているだけである、と。

だが、そうは言っても、こうも突然に——

「あ……」

そこで、無色は思い出した。

昨日黒衣が言いかけていた、最後の注意点のことを。


「さて、では三つ目。最後の注意点ですが——」

中央学舎最上階の学園長室で。

〈庭園〉編入に際する注意事項を挙げていた黒衣が、三本目の指を立てたところで、言葉を止めた。

そしてそのまま数秒、考えを巡らせるように黙り込む。

「……？　三つ目は、何です？」

「……いいえ。忘れてください。たぶん大丈夫でしょう」

「え、何ですか、気になりますよ」

「これについては、あまり意識し過ぎない方がよいかもしれません。事前に知っていたからといって対策は難しいでしょうし。――万一のときは、わたしが直接対応いたしますのでご心配なく」

黒衣が、涼しげな顔で言ってくる。無色は不満げにむうと唇を尖《とが》らせた。

「……黒衣、わざと気になるように言ってません？」

「滅相もない」

黒衣は、しれっとした顔で視線を逸《そ》らしながら答えてきた。


「まさか、これのこと……⁉」

そうとしか考えられない。確かにこれは対策のしようがないし、事前に知らされていたら緊張から行動がぎこちなくなってしまう恐れもあった。――いや、そうは言ってもこんな重要なことが起こりえるなら、事前に教えてほしかったが。

『魔女様！　魔女様！　大丈夫ですか⁉　開けますよ⁉』

「……っ⁉」

と、瑠璃が心配そうに声を上げ、扉をノックしてくる。

無色はビクッと肩を震わせた。

ここは女子更衣室に併設されたシャワールーム。そして、今の無色は男。今扉を開けられるわけにはいかない。無色は思わず制止の声を上げた。

「ちょっと待ってくれ、大丈夫だから――」

『……ッ⁉　今の声は……⁉』

「――あ」

しまった、と口元を押さえるも、もう遅い。

扉の向こうに、少女たちのざわめきが広がっていった。

『え……何？　男の人の声……？』

『入っていったの魔女様じゃないの？』

『前もってシャワールームに潜んでた……⁉』

『高レベルの変態――』

『それに気づいた魔女様が、単身下手人を成敗に⁉』

『今お助けします魔女様……ッ！』

『あっちょっと待って服だけ着させて……！』

などと、にわかに更衣室が色めき立つ。

無色は「ひっ」と喉を引きつらせた。

今見つかるわけにはいかない。かといって、更衣室を通って逃げるのは不可能であるし、シャワールームの窓も、男の無色が通るにはやや手狭だった。

「と、とにかく黒衣に連絡を――」

「――お呼びですか」

「うわっ⁉」

と、そこで窓がガラッと開いたかと思うと、黒衣が顔を出した。

突然のことに足を滑らせ、したたかにお尻を床に打ち付けてしまう。

「あいたたた……」

「お気を付けください。今あなたの身体《からだ》は、彩禍様の身体でもあるのですから」

言いながら、黒衣が身をくねらせ、シャワールームに入り込んでくる。もともと細身の体格とはいえ、器用なものである。なんだか軽業師か脱獄犯を見ているような気分だった。

「魔力の乱れを察知したので来てみましたが――やはり存在変換を起こしていましたか」

「存在変換？　って、それは一体……」

「詳しい説明はのちほど。すぐに処置をいたしましょう」

言って、黒衣が無色に近づいてくる。

そういえば、万一のときは黒衣が直接対応すると言っていたような気がする。

「何かこの状況を打破する方法があるんですね？　お願いします。急いで——」

無色はそう言いかけたところで、言葉を止めた。

理由は単純。黒衣が無色を壁際に追い詰め、その顔の隣に手を突いてきたのである。

「あの、黒衣？　これは一体……」

「お静かに。手元が狂います。——いえ、口元が、でしょうか」

黒衣はそう言うと、もう片方の手で無色のあごをくいと持ち上げた。

そしてそのまま、ゆっくりと顔を近づけてくる。

鼻に、頬に、黒衣の吐息が触れる。

肌理《きめ》の細かい肌と吸い込まれるような漆黒の双眸、そしてそれを飾る長い睫毛《まつげ》が視界いっぱいに広がり、無色の心臓をきゅうと収縮させた。

「黒衣、ちょ——」

「ん……」

無色の制止を遮るように、黒衣が自分の唇を、無色の唇に押し当ててくる。

柔らかな感触。微《かす》かに濡《ぬ》れた接触音。痺《しび》れるような芳香。そんなものがない交ぜになって、無色の脳を、身体を蹂躙《じゅうりん》する。

「――――」

混乱する意識の中、無色はなぜか、あの夜彩禍と交わしたキスのことを思い出していた。

「――魔女様っ！　大丈夫ですか⁉」

運動着を前後逆に着た瑠璃は、そんな叫びとともにシャワールームの扉を開け放った。

後方には、緋純をはじめとしたクラスメートたちが表情に緊張を滲《にじ》ませながら控えていた。皆界紋こそ展開していないものの、臨戦態勢である。

本来ならばもっと早く突入したかったのだが、緋純に「る、瑠璃ちゃん、せめて運動着は着て……！」と懇願され、時間を食ってしまった。瑠璃はその遅れを取り戻すかのように視線を巡らせ――

「……あれ？」

扉の向こうに広がっていた光景を見て、拍子抜けしたような声を発した。

シャワールームには、運動着姿の彩禍しかいなかったのである。

「魔女様……？　男が潜んでいたのでは……？」

「……ん？　何の話かな？　ここには誰もいなかったよ」

瑠璃の問いに、彩禍が返してくる。

……だがなぜだろうか。少し違和感があった。首を傾《かし》げながら再度問う。

「あの、魔女様」

「なんだい？」

「なんで急にシャワールームに入ったんですか？」

「いや、なに……汗を流そうと思っただけさ」

「なんで壁にもたれかかってるんですか？」

「ああ……ちょっと足を滑らせてしまってね」

「……なんでそんなにお顔が赤いんですか？」

「それは……」

彩禍は指先で唇に触れると、その指をくっと持ち上げた。

「……秘密、さ？」

◇

「――なんとか間に合ったようですね」

『処置』を終え、シャワールームの窓から外に出た黒衣は、濡れてしまったスカートの裾をパタパタさせながら呟《つぶや》いた。乾くまで少し時間がかかりそうだったが、まあ、シャワールームの壁を這《は》って出てきたのだ。仕方あるまい。

「しかし、一日目で存在変換が起こるとは。これは、また処置が必要になるやも――」

と、そう言いかけたところで。

「………………」

黒衣はその場にしゃがみ込むと、両手で顔を覆った。

――まるで、赤くなった頬を隠すかのように。

「…………覚悟は決めてたはずなのに、いざやると結構恥ずかしいものね……」

そして、誰にも聞こえないくらいの小さな声でぽつりと呟く。

しかし、それから十数秒後。

「……さて」

無表情に戻った黒衣はすっくと立ち上がると、何事もなかったかのように〈庭園〉の敷《し》地《ち》を歩いていった。

第三章　変換

〈空隙《くうげき》の庭園〉は、大きく分けて五つのエリアで構成されている。
中央学舎及び対滅亡因子作戦司令本部が存在する中央エリア。
学園の分棟や医療棟、各種研究施設が密集する東部エリア。
練武場などの訓練施設が中心となる西部エリア。
学園長の屋敷《やしき》や私的機関など、一般生徒には開放されていない施設が多い北部エリア。
そして、寮舎や商業施設などが立ち並ぶ南部エリアである。
それゆえ、無色《むしき》はてっきり、授業後は北部エリアへ帰るものだと思っていた。
しかし——
「黒衣《くろえ》、ここは？」
「ご覧の通り——〈庭園〉女子寮第一寮舎です」
目の前の建物を見ながら無色が問うと、黒衣は平坦《へいたん》な調子でそう返してきた。
そう。なんとか編入初日の授業を終えた無色は、中央学舎前で待っていた黒衣に、なぜか南部エリアの寮舎前へと連れてこられていたのである。

三階建ての、横に大きな建造物だ。大仰ながらも洒脱《しゃだつ》な佇《たたず》まい。学生寮というよりは低層マンションといった様相だった。

「わたしの認識が間違っていなければ、女子寮というのは、女子生徒が集団生活を送る場所だったと思うのだが」

「その通りです。そして今、彩禍《さいか》様は女子にして生徒であられます」

「確かにその通りだが――君のことだ。他にも理由があるのだろう？」

「さすがのご慧眼《けいがん》です、彩禍様」

黒衣は回りくどい会話が面倒になったのが、声をひそめながら続けてきた。

「――お屋敷では、いざというとき無色さんをお守りできません。となるとやはり、騎士不夜城《ふやじょう》と同じ寮に入るのがもっとも妥当かと」

「……なるほど」

確かに〈庭園〉で最も長い時間を過ごすのは、学園施設ではなく住居である。いくら学園で騎士が側《そば》にいたとしても、寝泊まりする場所の警備が疎《おろそ》かでは意味があるまい。

「でも問題じゃないですか？　確かに俺は今、世界が羨む超絶S級美少女ですけど――」

「余計な装飾は付けなくていいです」

　黒衣が半眼を作る。無色は「つい」と言ったのち、あとを続けた。

「けど、中身は男なわけで。女子寮に入っちゃまずいんじゃないかと」

「言っていることはわからなくもありませんが、今は非常時です。何しろ無色さんの死は彩禍様の死。彩禍様の死は世界の死なのですから」

「それは――そうですけども」

　言いながらも、無色は黒衣の言葉に小さな違和感を覚えていた。

　無色の死が彩禍の死というのはわかる。だが、彩禍の死と世界の死をイコールで結ぶのは、彼女にしてはやや不正確な表現である気がしたのだ。

　確かに彩禍の死が世界に危機的状況をもたらすのは間違いないだろう。しかし、黒衣の表現からはもっと直接的な――彩禍が死んだ瞬間に、この世界まで滅びてしまう、と言っているかのような印象を受けたのだ。

「とはいえ、ご安心ください」

　無色の思案に気づいているのかいないのか、黒衣が淡々と続けてくる。

「通常、生徒は二人で一部屋ですが、無色さんはお一人で部屋を使用していただけるよう手配しておきました」

「なるほど、それなら」

「無色さんも男性ですし、いろいろとあるでしょう」

「いえ、別にそういうのは」

「おや、ありませんか」

「……お心遣い感謝しますけども」

無色が視線を逸《そ》らしながら答えると、黒衣が肩をすくめながら息を吐いた。

「では、どうぞこちらへ」

そう言って、無色を先導するように女子寮の中へと入っていく。

無色はやや緊張しながらも、黒衣のあとを追って、女の園へと足を踏み入れていった。

電子認証の扉を抜け、ロビーを歩いていく。学生寮にしてはなかなかに豪華な設備と内装だった。

「——ところで無色さん、学園はいかがでしたか？」

と、道中、黒衣が囁《ささや》きかけるように問うてくる。無色は小さくうなずきながら答えた。

「はい、少し緊張しましたけど、むしろ周りの方が緊張してたので逆に落ち着けたというか。……魔術を自在に操るには、まだかかりそうですけど」

「何か問題は起こしていませんか？」

「……、ええ、それはもう」

「二年一組の教室に修理要請が出ていたようですが」

「……すみませんでした」

「………」

無色が目を逸らしながら答えると、黒衣はジトッとした視線を送ってきた。

とはいえ、黒衣も最初から全て上手《うま》くいくとは思っていなかったのだろう。やれやれとため息を吐《つ》きはしたものの、それ以上追及してくることもなく、静々と寮の廊下を歩いていった。

「――このお部屋です」

黒衣に案内されたのは、女子寮三階に位置する部屋だった。一〇畳ほどの空間に、高級そうなベッドや机、クローゼットや化粧台などが並べられている。心なしか、無色が目覚めた彩禍の寝室に置かれていた家具と雰囲気が似ているような気がした。

「すごいですね。学生寮だっていうのにこんな豪華な……」

「他の部屋の家具は普通です。仮にも彩禍様のお部屋ですので、事前に整えさせていただきました」

黒衣はそう言うと、順に家具を示していった。

「お着替えや身の回りの品は、必要最低限ではありますが既に運び込んであります。もし使用法のわからないものがございましたら仰《おっしゃ》ってください。わたしは右隣の三一六号室に控えておりますので」

「あ、黒衣も寮に泊まるんですね」

「もちろんです。彩禍様のお世話がわたしの役目ですので。ちなみに左隣の三一四号室が騎士不夜城のお部屋となっております。有事の際にはすぐに駆けつけられるかと」

さて、と黒衣が顔を上げる。

「お部屋へのご案内も終わりましたし、次へ参りましょう」

言って、黒衣が扉を開けて廊下へと出ていく。無色もそのあとを追って部屋を出た。

「次って、どこに行くんですか？」

「一階です。——ある意味、この寮における最重要課題と言っても過言ではありません」

「最重要課題……？　なんですか、それ」

「はい。それは——」

と、会話を交わしながら廊下を歩いていると、

「——ま、魔女様ッ⁉」

「えっ？」

曲がり角に差し掛かったところで、右方から歩いてきた瑠璃《るり》と緋純《ひずみ》に遭遇した。

双方、突然のことに目を見開き、驚きを露《あら》わにしている。とはいえ無理もあるまい。自分たちの生活圏に、突然彩禍が現れたというのだから。

瑠璃が、信じられないものを見たような顔で、緋純の方を向く。

「……ひ、緋純。一発お願い。思いっきり。今絶対夢見てるわ私。ちょっと都合よすぎるもん。いきなり憧れの人が同じクラスに編入してきてしかも寮にまでいるとか、どんだけベタなラブコメよ。このままだと出会い様にラッキースケベかましちゃうわ。……早く……！　私の妄想が魔女様を汚《けが》す前に……ッ！」

「お、落ち着いて瑠璃ちゃん。私にも見えてる」

「ははは。またまたご冗談を」

瑠璃が乾いた笑みを浮かべながら、自分で自分の頰をつねり、無色の方に向き直る。

「ウワーッ！　本物の魔女様だぁぁぁぁっ⁉」

瑠璃が改めて驚愕《きょうがく》の声を上げ、その場に尻餅をつく。

無色はそれを見ながら、優雅な調子でフッと微笑《ほほえ》んだ。

「やあ、また会ったね、瑠璃、緋純。――なに、わたしも今は学生の身だ。今日から少しの間、ここで暮らそうかと思ってね」

「ほ、ほほほほほほホントですか⁉　ち、ちなみにお部屋は……」

「三一五号室さ」

「お隣さぁぁぁぁぁぁぁ――――――んッ⁉」

瑠璃は裏返った声を上げると、ぱたりと後方に倒れ込んだ。緋純が慌てて駆け寄る。

「瑠璃ちゃん！　大丈夫⁉」

「だ、駄目かもしれない……明らかに幸福の許容量を超えている……私が死んだら兄様に伝えて……瑠璃は強く生きましたと……そして心から愛しておりましたと――」

がくり、と瑠璃の身体《からだ》から力が抜け落ちる。だがその顔はとても幸せそうだった。

「る、瑠璃ちゃぁぁぁぁんっ！」

緋純が瑠璃の肩を抱き、叫びを上げる。

さすがに少し心配になって、無色は瑠璃の顔を覗《のぞ》き込んだ。

「……大丈夫かい？」

「あ、はい。たまにあるので。しばらく休めば普通に復活すると思います」

緋純が、突然クールになって返してくる。

無色が、表面上平静を装《よそお》いながら困惑していると、緋純は「では、失礼します」と言って、ぐったりした瑠璃の脇に手を挿し入れ、そのままざりざりと引きずっていった。妙に手慣れたその様は、なんだか死体を処理するシリアルキラーのようだった。

二人が三一四号室に消えるのを見送ってから、無色は黒衣に視線を戻した。

「S級魔術師なんですよね？」

「S級魔術師なんですけどね」

黒衣は気を取り直すようにコホンと咳払《せきばら》いをした。

「それよりも、先を急ぎましょう。あまり猶予がありません」

「あ、そうでしたね。結局、最重要課題って何なんです？」

無色が問うと、黒衣は真剣な眼差《まなざ》しで返してきた。

「──お風呂《ふろ》です」


数分後。

無色は黒衣に、寮舎一階にある大浴場の脱衣所へと連れ込まれていた。

広い空間だ。壁に沿って棚が設《しつら》えられ、そこに幾つもの籠が収められている。部屋の奥には洗面台が並び、そのさらに奥には、浴場へと繋《つな》がる大きなガラス戸が設えられていた。

「最重要課題って……これですか」

無色はたらりと汗を垂らしながら言った。

とはいえ、黒衣の言うこともわからなくはない。昨日は、夜通し彩禍の記録映像を見ながら、黒衣に身体を拭いてもらっただけだったので、今この瞬間が、彩禍の身体になってから初めての入浴だったのである。

「はい。表には、『ガス点検中につき使用禁止』の張り紙をしてあります。今のうちに入浴を済ませてしまいましょう。さすがに女子学生と一緒というわけにはいきませんので」

「まあ……それはそうですね。でもよかった。黒衣もちゃんとそういうのは気にしてくれるんですね」

黒衣は半眼を作ると、小さく鼻を鳴らした。

「別に生徒を慮《おもんぱか》ったわけではありません。世界の命運がかかっているのです。裸の一つや二つ、気にしているような余裕はありません。——ですが、今無色さんの正体を露見させるわけにはいきませんので」

「え？」

「細かいお話はお風呂の中で。あまり猶予があるわけでもありませんし、無防備な時間はできるだけ短くしておきましょう」

黒衣が促すように言ってくる。無色は首を傾《かし》げながらも、黒衣の言葉に従って、適当な脱衣籠を引っ張り出した。

が、そこで動きを止める。

「――黒衣」

「なんでしょうか。急に真面目なお顔をして」

「お風呂に入る――というのは、とりもなおさず、服を脱ぐということと同義です」

「……、まあ、そうですね」

「もちろん、彩禍さんの美しい身体に徒《あだ》などあろうはずがないですし、誰に見せても恥ずかしくない至高の芸術品であることは疑いようがありません。

それに、俺も思春期まっただ中の男子高校生。見たいか見たくないかと言われれば――死ぬほど見たいです。脳裏に刻みつけたいです。しかも身体を洗うとなれば、普段触れないところ触り放題じゃないですか。正直ドキドキが止まりません」

「あまりそういうことは口に出さない方がよいかと思いますが」

黒衣が眉根を寄せてくるが、無色はさして気にせず、熱っぽい調子で続けた。

「でも……でも……！　今意識の所在が不明の状態とはいえ、彩禍さんの身体は彩禍さんのものです。俺が無遠慮に、見たり触ったり揉《も》んだりするわけには……ッ‼」

「なんだか行動が足されていませんか？」

黒衣はどこかうんざりとしたような口調でそう言ったが、やがて納得を示すように小さくうなずいた。

「今は非常事態ですし、彩禍様もある程度は許してくださるでしょうが……確かに、無色さんの意見もわからないではありません。意外と紳士ですね」

「ありがとうございます。やっぱり、こんな裏技みたいな方法で見るより、関係性を積み上げて自分から見せてもらった方が嬉《うれ》しいですもんね。恥じらいは大切です」

「前言撤回させる早さでも競ってます？」

黒衣はふうと息を吐くと、懐《ふところ》から黒く細長い布のようなものを取り出した。

「とはいえ、承知しました。可能な限りではありますが対応いたしましょう」

「これは？」

無色が問うと、黒衣は「失礼」と短く言って、その布で無色の両目を覆ってきた。

突然のことに驚くが、すぐに黒衣の意図を察する。

確かにこれならば、彩禍の裸が見えない。

「なるほど……でも、目隠しでお風呂に入るって、結構危険な気がするんですけど……。ほら、滑って転んだりしたら大変ですし」

「その点に関してはご安心ください。わたしが一緒に入浴し、洗髪から身体の洗浄、お着替えに至るまで、全てのお世話をいたします」

「それはそれで問題あるような気がするんですけど……」

「問題ありません。彩禍様がご健在の頃も、よく務めておりました」

「え……っ⁉　ちょっと、その話もっと詳しく聞かせてもらってもいいですかね⁉」

「別に問題はないはずなのですが、すごくお断りしたい気分です。――脱がせますよ」

次の瞬間、黒衣の手が伸びてきて、無色の身体に触れた。

そしてそのまま、制服が徐々に脱がされていく。

「きゃ……っ、そんな、いきなり……」

不思議な感覚に、思わず声が漏れてしまう。

ただでさえ、他人に裸にされていくというのは未知の体験である。しかも視覚が閉ざされているため、次どこに触れられるのかがわからないときたものだ。まさかのデンジャーゲームに、心臓の鼓動がだんだんと速くなっていくのがはっきりとわかった。

しかしそんな無色の心境とは裏腹に、黒衣は手を止める様子を見せない。

ついに運命の瞬間がやってくる。黒衣の手が背後に回されたかと思った瞬間、カチャリという小さな音が鳴り、胸を締め付けていた縛《いまし》めが解かれた。

「あふっ」

ブラのホックが外されたのだ、ということに無色が気づいたのは、一拍遅れてからだった。ワイヤーに支えられていた二つの重みがずしりと胸元にのしかかり、思わず手で支えそうになってしまう。

「……黒衣」

心なしか荒くなった息を抑えながら、無色は黒衣に声をかけた。

「なんでしょう」

「確かに見えはしないんですけど……これはこれでなんだかいけない気分です」

「……気絶させた方がよかったでしょうか？」

黒衣が、真剣に悩んでいるかのような声音で言ってくる。

これ以上言うと本当に頸動脈《けいどうみゃく》を押さえられそうだったので、無色はふるふると首を横に振った。

すると、やがて前方から、何やらするするという衣擦《きぬず》れのような音が聞こえてくる。

さすがに不審に思って、無色は微《かす》かに眉根を寄せた。

「……あの、黒衣。これは何の音です？」

「支度をしているだけですのでお気になさらず」

黒衣がそう言ったかと思うと、無色の腕に、ぴとり、と柔らかな感触が触れた。

「ひゃうっ⁉」

思わずビクッと身体を震わす。するとその方向から、黒衣の涼しげな声が響いてきた。

「失礼。浴室にご案内するために、お身体に触れました」

「あ……そ、そうですか。そうですよね。……って、まさかとは思いますけど、黒衣まで何も着てないってことはないですよね？」

「着ていませんが？」

「……なぜ？」

「なぜと申されましても。そのままでは服が濡《ぬ》れてしまいますし」

そういう問題では——と言おうとした無色だったが、その言葉が喉から発されることはなかった。

先ほどよりもぴったりと、黒衣が身体を密着させてきたのである。

「ちょっ、黒衣？　あの、密着しすぎでは……？」

「無色さんは今視界が塞がれていますので。万一にも足を滑らせ、彩禍様のお身体に傷を付けるようなことがあってはなりません。さあ、こちらへ」

なんだかもう、何が起こっているのかわからない。無色は黒衣にされるがままに浴室に案内されると、そのまま椅子に座らされた。

「では、かけ湯をさせていただきます」

「は、はい……」

無色が応えると、次の瞬間、無色の肩に温かなお湯がかけられた。熱すぎず、ぬるすぎず。ちょうどいい温度である。

幾度かそれを繰り返したのち、黒衣が丹念な手つきで無色の髪を洗い始める。

元の身体《からだ》であった頃は今ほど髪が長くなかったため、なんだか不思議な感覚ではあった。

「──そういえば、先ほどの話ですが」

と、無色の髪を洗いながら、黒衣が思い出したように話しかけてくる。

「先ほどの話……俺がもとの身体に戻った件ですか？　それとも、女子生徒と一緒に入浴するのはまずいって件ですか？」

「両方です」

「というと？」

無色が頭を泡まみれにされながら問うと、黒衣は指の腹で優しく頭皮をマッサージしながら続けてきた。

「わたしも、『合体した人間』という実例を見るのは初めてですので、多分に推測を含みますが──無色さんがもとの身体に戻った理由は恐らく、魔力の放出量に関係するのではないかと思われます」

「魔力の……って、今垂れ流し状態になってるっていう……」

「はい。制御が甘い状態ですので、今も彩禍様の魔力は、少しずつ放出され続けています」

黒衣はそう言うと、シャワーで泡を洗い流し、次いで丁寧に髪にトリートメントを施していった。

「彩禍様の魔力は膨大。この程度で尽きるということはございません。——ですが、一時的に放出量が極端に増えると、身体が防衛反応を起こす可能性がございます」

「防衛反応……？」

「簡単に言うと、異常を察知した身体が自動的に、魔力消費の少ない、いわゆるセーフ・モードのような状態に変化するのではないか、ということです」

「あ——」

言われて、無色は目隠しの下でぴくりと眉を動かした。

今は、彩禍という最強の魔術師の身体に、無色という素人《しろうと》の精神が組み合わさっているがゆえに、この歪《いびつ》な状態になってしまっている。

ならば、身体にも無色の要素が強く顕在化すれば、魔力の消費は抑えられるだろう。

「なるほど……わかりやすいたとえです」

無色は得心がいったように唸《うな》った。

「それで、俺の身体を彩禍さんの状態に戻すときにした、その」

「キスですか」

はっきりと言われ、無色は一瞬言葉に詰まった。

「……はい。あれは一体」

「わたしから魔力を供給いたしました。あれがもっとも効率的な手段でしたので」

淡々とした調子で黒衣が言ってくる。

黒衣にとっては何でもないことなのだろうか。無色は、自分だけが意識してしまっているのが何となく恥ずかしくなって、話題を変えるように言葉を続けた。

「……にしても、魔力の放出量、ですか。確かに座学の時間、図らずも魔力を使ってしまいましたし、実技の時間も危なかったみたいですしね……。あ、もしかしたら昨日のアンヴィエットとの戦いも？　そういったものが積み重なったんでしょうか」

「まあ、それらも要素としては数えられるかもしれませんが、どちらかというと、魔術使用時ではなく平時の話です。直接のきっかけは他にあるのではないかと」

「え？」

黒衣の言葉に、無色は頭に疑問符を浮かべた。

するとそれを押し流すように、頭にシャワーが浴びせられる。

「――魔力の流れや総量は、精神状態に大きく左右されます。覚悟や決意、怒り、興奮――そういったもので、魔術師は実力以上の力を発揮することがままあります」

「ということは……」

無色が汗を滲《にじ》ませながら言うと、黒衣が平然とした調子で続けてきた。

「あのとき無色さんは、女子更衣室で、着替え中の少女たちを目撃してしまいました。つまり、そのドキドキがきっかけで、魔力の放出量が増えてしまったのではないかと」

「…………、ええ……」

あまりにあまりな理由に、無色はげんなりとうめき声を発した。

「ちょっと……ええ、なんか、もうちょっとこう……ないんですか……？」

「そう仰《おっしゃ》られましても」

黒衣が淡々と言ってくる。無色はなんだか情けない気分になりながらも続けた。

「……つまり、お風呂《ふろ》に張り紙をしたのは」

「はい。下着姿でさえ耐えられなかったのです。もし一糸まとわぬ姿など見てしまったら、一発でアウトでしょう」

「…………」

無色が自己嫌悪《じこけんお》で黙り込んでいると、黒衣が少し面白がるように言ってきた。

「彩禍様に一目惚《ひとめぼ》れしたと仰っておられましたが、男性というのは、年頃の女性相手ならば誰にでも興奮してしまうのですね？　まあ、生物としては健康な証拠かもしれませんが」

「そんな、俺は彩禍さん一筋です！」

「そうですか。ならば安心ですね」

黒衣がそう言った、次の瞬間。

しゃぽっ、と、スポンジで洗剤を泡立てるかのような音が聞こえてきたかと思うと、不意に無色の——正確には彩禍の——乳房に、何か柔らかいものが触れた。

「みゃふっ！」

突然のこそばゆい感触に、思わず素っ頓狂な声を上げ、背を丸めてしまう。

だが、謎の感触は構うことなく、首、腹部、臀部《でんぶ》と、無遠慮に身体を這《は》い回ってきた。

「ちょ……く、黒衣——」

「どうかしたのですか？　わたしは彩禍様ではありませんよ？」

「い、いや、それとこれとは、話が違——」

無色は弱々しく言うと、なんとか黒衣の手から逃れようとした。

だが、遠慮を知らない謎の触手に肌を蹂躙《じゅうりん》され、すぐにへにゃっとくずおれてしまう。

「や、やぁあ……」

「――ふむ」

そんな無色を見てか、黒衣が小さくうなるような声を発してきた。

「無色さん。困ったことになりました」

「な、なんですか……？」

「見た目は彩禍様なのに反応が初々《ういうい》しいのと、口の減らない無色さんがしおらしくなっているのとで、ちょっとだけ楽しいと思ってしまっているわたしがいます」

「は……っ!?」

無色が叫びを上げるも、黒衣が手を止めることはなかった。きめの細かいボディスポンジを、縦横に滑り込ませてくる。

「さあ、お手を上げてください。全身ピカピカにしてあげます」

「ちょ――あ、あああああああああああああああっ!?」

広い浴室に、無色の悲鳴が、幾重にもこだました。

「……っ⁉」

〈庭園〉女子寮第一寮舎、三一四号室で。

ベッドに横になっていた瑠璃は、不意にぴくりと眉を揺らし、バッと身を起こした。

「あ、起きた。大丈夫？　……って、どうしたの、瑠璃ちゃん」

椅子に座りながら本を読んでいた緋純が、不思議そうに問うてくる。瑠璃は真剣な眼差《まなざ》しのまま答えた。

「今……何か聞こえなかった？」

「何って……何が？」

「なんていうか、こう……今まで知らなかった感覚を見つけられてしまい、恥辱と快楽の合間で打ち震える魔女様の声……みたいな……？」

瑠璃が、鼓膜が微《かす》かに感じ取った曖昧な情報を、なんとか言葉に変換すると、緋純が困惑するような顔をしてきた。

「え？　私には聞こえなかったけど……夢じゃなくて？」

「うん。微かにだけど、確かに――」

と、瑠璃はそこで言葉を止めると、再び耳をそばだてるように顔を上げた。

「…………ッ⁉　ちょっと待って。また何か聞こえたような……？」

「え……また魔女様の声？」

「ううん……今のはもっと低い……そう、絶え間ない快楽に蹂躙され、自分の喉から発された声が信じられない……そんなイメージ……いえ、それだけじゃない……妙に郷愁を誘うこの響きは……全てを優しく包み込む……懐《なつ》かしい兄様のような——」

瑠璃が目を閉じながら、なんとかぼんやりとした感覚を言語化していると、緋純が口元を手で覆った。

「瑠璃ちゃん、お兄さん恋しさについに幻聴が……」

「い、いや、そうじゃなくて……！」

「だって、実技科目のあとも『どこからか兄様の声が……』って言ってなかった……？そもそも、〈庭園〉に瑠璃ちゃんのお兄さんがいるのおかしくない？」

「そ、それは……」

緋純に言われ、瑠璃は難しげに眉根を寄せた。

「……おっかしいなあ……私が兄様の声聞き間違えるはずがないんだけど……」

◇

——翌朝。

「おはようございます、無色さん」

「……おはようございます、黒衣」

目を覚ました無色は、ぼんやりとした意識の中、そう挨拶を返した。

「……あの、ところで質問があるんですが」

「伺いましょう」

「なんで俺の上に乗ってるんですか？」

「逃げられないようにですが」

「何か逃げられるようなことをするつもりなんですか？」

淡々と答えてくる黒衣に、無色は少し怯《おび》えを滲ませながら問いを発した。

そう。ここは〈庭園〉女子寮舎の一室。そのベッドの上である。無色は彩禍の身体《からだ》で、そこに横になっていた。

昨日は疲れもあってか、すとんと眠りに落ちた無色だったが――

朝起きてみたら、目の前に、隣の部屋にいるはずの黒衣の顔があったのである。

黒衣は今、無色の腹部を大腿《だいたい》部で挟み込むような格好で跨《また》がり、無色の顔を見下ろしていた。いわゆるマウント・ポジションだ。この状態で打撃戦に持ち込まれたら、無色には覆《くつがえ》す手段がなかった。

「落ち着いてください。彩禍さんとの間にどんな確執があったか知りませんけど、暴力はよくないと思います」

「何か勘違いをしておられるようですね」

「いくら彩禍さんのお顔が美しいからって、妬んでも何も始まりませんよ！」

「俄然《がぜん》この体勢を活《い》かしたくなってきました」

黒衣がブンブンと肩を回す。無色は「ひっ」と息を詰まらせた。

「冗談です。それより、本題に移りましょう」

「本題？」

無色が問うと、黒衣は小さくうなずいたのち、おもむろに両手を持ち上げ――

そのまま、自分の首元を飾るリボンをするりと解いた。

「……？　黒衣？」

無色が不思議そうに首を傾《かし》げるも、黒衣は応えず、その代わり、服のボタンを一つ一つ外していった。

そう。まるで、無色の上で服を脱ごうとしているかのように。

「な……何してるんですか、黒衣!?」

「目を逸《そ》らさないで、しっかり見てください」

無色が慌てて言うが、黒衣は淡々とした調子のまま作業を続けていった。

やがて全てのボタンが外され、一分の隙もなく着こなされていた彼女の服が、随分とだらしのない様相になる。

黒衣はそのまま服の襟首に手を掛けると、左肩を露出させた。

――艶《なま》めかしい彼女の肌が、空気に晒《さら》される。

「――――!?」

瞬間、無色は思わず目を閉じた。

「あ。無色さん、ずるいですよ。目を開けてください」

「じゃあ服を着てください！」

黒衣はなんとか無色の目を開かせようとしてか、瞼《まぶた》を引っ張ったり首をくすぐったりしてきたが、効果がないとみるや、ふうと小さく息を吐いてきた。

「仕方ありませんね。プランBに切り替えるとしましょう」

そして、黒衣がそう呟《つぶや》いたかと思った瞬間、無色は胸元に、柔らかく心地のよい重量がのしかかってくるのを感じた。

「……!?　黒衣――!?」

目を瞑《つぶ》っているため詳細は見とれなかったが、黒衣が自分に覆い被《かぶ》さってきていることは察せられた。無色の鼻腔《びこう》を、微かなシャンプーの匂いが撫《な》でる。

一体何をするつもりなのか——無色が緊張に身を硬くしていると、不意に黒衣が、無色の耳元に囁《ささや》きかけてきた。

「——彩禍様の好きな食べ物は、カップケーキです」

「な……ッ!?」

甘い吐息。鼓膜をくすぐる囁き。そして、その衝撃的な情報。

それを耳にした瞬間、無色は、自分の心臓がきゅうと収縮するのを感じた。

しかし黒衣の猛攻はそれで終わらない。さわさわと耳を撫でるように続けてくる。

「彩禍様はお風呂《ふろ》で身体を洗う際、おしりのほっぺから洗われます」

「…………!」

そして、とどめとばかりに、黒衣が必殺の一撃を見舞ってくる。

「——彩禍様のスリーサイズは、八八・五九・八六、です」

「…………ッ!?」

身体が熱くなり、呼吸が荒くなる。軽い目眩《めまい》がして、目の焦点が定まらなくなる。そして、全身が淡い輝きを帯びていく——

「……え？」

次の瞬間、無色の喉から発された声は、少年のものだった。

そう。無色は、彩禍の身体から無色の身体に戻っていたのである。

「──ふむ、存在変換に成功したようですね」

黒衣が身を起こし、涼しげな調子で言ってくる。無色は困惑気味に頬をかいた。

「黒衣、ええと、これは」

「はい。存在変換のため、無色さんに興奮していただこうかと」

しかし、と黒衣が自分の左肩に視線を落としながら続ける。

「この程度で変換していただけるとは思いませんでしたが。──意外と早かったですね」

「…………」

なぜだろうか。別に他意はないのだろうが、なんだかものすごく恥ずかしい気持ちになる無色だった。

が、無色は見逃さなかった。服を着直した黒衣が、どこか安堵《あんど》した様子で小さく息を吐いているのを。

「……なんだかホッとしてませんか、黒衣」

「……してませんが？」

黒衣がしれっとした調子で言ってくる。無色は疑わしげな目でじーっと彼女を見つめた。

するると黒衣が、話題を変えるように咳払《せきばら》いをしてから、ベッドから降りる。

「そんなことよりも。時間がありません。他の生徒たちが起きる前に、早く準備をしてください」

「準備……？　って、一体何のです？」

「決まっているではありませんか」

無色が首を傾げると、黒衣は当然の如《ごと》く続けてきた。

◇

「──というわけで、今日からこのクラスに新たな仲間が加わるわ。玖珂《くが》無色くんと烏《からす》丸《ま》黒衣さんよ」

寮での目覚めから数時間後。

〈庭園〉の男子制服を着せられた無色は、昨日とまったく同じ教室の、まったく同じ位置に、まったく同じ姿勢で立っていた。

とはいえ無論、全てが昨日と同じかと言われればそんなことはない。

無色の姿は、久遠崎《くおざき》彩禍のものではなく玖珂無色本人のもの。それゆえ教室に満ちるのも、昨日のような緊迫感というよりは、物珍しさから来る奇異の視線や、こちらの力量を品定めするかのような気配が主のように思われた。

「…………」

いや、問題はそんな変化ではない。無色は隣に立った黒衣（こちらもちゃっかりと制服に着替えている）に、ひそひそと声をかけた。

「……黒衣？」

「なんでしょう」

「いえ、なんでしょうって――なんで俺まで編入してるんですか？　それに、黒衣も」

無色が問うと、黒衣は背筋をピンと伸ばしたまま続けてきた。

「昨日の事例を見るに、今の無色さんは、いつ何をきっかけに存在変換が起こるかわからない状態です」

「そんな、人を爆弾みたいに」

「的確な表現かと」

黒衣は涼しげな顔で言うと、あとを続けた。

「もし不測の事態に陥り、無色さんの身体に戻ってしまったところを誰かに見られでもしたら一大事です。〈庭園〉は秘匿存在。外界の人間が紛れ込んだとなれば、徹底的に探索、追及されてしまうでしょう」

ですが、と黒衣が続ける。

「こうして『玖珂無色』として、名目上だけでも学園に在籍しておけば、仮に無色さんの状態で誰かに見つかったとしても、『外界から紛れ込んだ正体不明の人間』から『授業をサボりまくっている不良生徒』くらいに事態を矮小化《わいしょう》化することができます。——それに、わたしがいれば万一の事態が起こった際に、存在変換を行うことが可能です」

「なるほど……って」

無色はうなずきかけたところで、その策の致命的な欠陥に気づいた。

「……もし昨日みたいに女子更衣室で変換を起こしちゃった場合、顔と名前を知られてる方がダメージ大きい気がするんですが」

「それは——」

「それは？」

「そうならないよう頑張ってください」

「いきなり根性論者になるのやめてもらえます？」

と、小声とはいえ少々話し込みすぎてしまったらしい。

担任の栗枝巴《くりえだともえ》教師が、やれやれといった様子で無色たちに視線を向けてきた。

「玖珂くん？　烏丸さん？　何を話してるの？　編入初日から私語とは感心しないわね」

玖珂無色
烏丸黒衣

そしてそう言って、しなを作るかのような調子で腕組みしてくる。

「あ、すいませ――」

言いかけて、無色は言葉を止めた。

「……？　栗枝先生、ですよね？」

姿形は同じはずなのだが、巴の顔つきが、仕草が、声色が、明らかに昨日のそれと異なっていたのである。

昨日は、怯《おび》えた表情に背を丸めた姿勢、プルプルと震えるチワワのような様相だった。

だが今は、自信に満ちあふれた表情に、抜群のプロポーションを誇示するかのような姿勢。その優雅にして悠然たる雰囲気は、まるでしなやかな女豹《めひょう》を思わせた。

「あらぁ……？　初対面だと思ったけど、どこかで会ったことあったかしら？　ふふ、それともこんな時間から、みんなの前で堂々とナンパ？」

「あ、いえ、そういうわけではなく」

無色が頭を振って否定しようとすると、巴がペロリと唇を舐《な》めながら目を細め、人差し指で無色のあごをつつ……と撫でてきた。

「ふふ……古典的な文句だけど、嫌いじゃないわよ。いいわ。その勇気に免じて、乗ってあげる。――放課後、職員室にいらっしゃい。特別な課外授業をしてあげるわ」

などと、やけに色っぽい仕草で囁きかけてくる。その豹変《ひょうへん》っぷりに、無色は目を白黒させてしまった。

するとそれを見ていた黒衣が、わざとらしい仕草で廊下の方に視線を向ける。

「——おや。おはようございます彩禍様」

「ひゃひぃぃぃぃぃぃ……っ!?　ち、違うんです違うんです魔女様……！　誤解です！　決して、決して職務中にカワイイ男子生徒にちょっかいをかけようなどとは……ッ！」

黒衣が言った瞬間、先ほどまで自信と色香を全身に纏《まと》わせていた巴が、涙目になりながらドゲザスタイルで床にうずくまった。そしてそのまま、命乞いをするように頭の上で手をこすり合わせる。

「おっと失礼。見間違いでした」

「な、なんだ……気をつけてちょうだい。心臓に悪いわね。寿命が縮むかと思ったわ……。ところで玖珂くん、放課後の件だけど——」

「あ。やっぱり彩禍様かもしれません」

「あひぃぃぃぃん！　冗談です！　魔女様が心臓に悪いとかそんなの本気なわけないじゃないですかぁぁぁ！　ちょっと小粋な巴ズジョークですぅぅぅっ！　むしろ魔女様を拝することによって寿命伸びそうな勢いですはーありがたやありがたやー！」

巴が再びコメツキバッタと化す。

黒衣は冷徹な眼差《まなざ》しでそれを見下ろすと、無色の方に視線を向けてきた。

「ご安心ください。本日彩禍様はお休みでいらっしゃいます」

黒衣が言うと、微《かす》かに緊張した面持ちをしていた生徒たちが、ほうと息を吐くのがわかった。恐らく、彩禍がいつやってくるのかと気を張っていたのだろう。

まあそんな中、巴だけは黒衣の声に気づいていない様子で、未《いま》だ頭を下げていたが。

「さて、先生がこの調子なので、空いている席に着いてしまいましょう」

「……そうですね」

ここは黒衣に従った方がよさそうである。無色は未だ目に見えぬ魔女を恐れる巴をその場に残し、黒衣のあとを追うように歩いていった。

が——そこで、気づく。

醜態を晒《さら》しまくる巴に苦笑したり、ため息《いき》を吐《つ》いたりする生徒たちの中、驚愕《きょうがく》の表情で無色を見つめてきている者がいることに。

「な、なななななななな……」

学園長直轄機関〈騎士団〉に名を連ねる天才魔術師にして、無色の生き別れの妹。

不夜城瑠璃が、ガタッと音を立てながら立ち上がり、無色に指を向けてきた。

「——なんであんたがここにいるのよ、無色……ッ！」

突然の叫びに、クラスメートたちは驚いたように瑠璃を見、その指先を辿《たど》るようにして無色に視線を寄越してきた。

「え、何……知り合い？」

「今朝曲がり角でぶつかりでもした？」

などと、冗談めかした声が飛ぶ中、瑠璃の近くの席に座っていた緋純が、何かを思い出したように目を丸くした。

「どこかで聞いたことある名前だと思ったら、もしかして瑠璃ちゃんのお兄さん……？」

するとそれを起点として、クラスメートたちにざわめきが伝播《でんぱ》していく。

「えっ？　瑠璃の兄って、四月生まれの、あの？」

「瑠璃が三月生まれだから実質一歳差なんだけど学年は一緒っていう、あの？」

「不夜城五歳の誕生日のとき、貝殻で作った写真立てを贈ったっていう、あの？」

「うなじのほくろがチャーミングだっていう、あの？」

「えっ、なんで初対面の人たちにそんな詳しく知られてるの俺？」

最後のものに至っては無色自身も知らなかった。困惑に眉根を寄せる。

するとその問いに答えるように、皆の視線が、再び瑠璃の方へと移動していく。——まるで、情報源を示すかのように。

「…………」

しかし瑠璃は、周りの声が聞こえていないかのように、ゆらりとした足取りで教室の床を叩《たた》くと、無色の前に至った。

そして、剣呑《けんのん》な色を帯びた視線で以《もっ》て無色を見上げながら、言葉を続けてくる。

「――もう一度聞くわ。なんであんたが〈庭園《ここ》〉にいるの？　いえ――それ以前に、そもそもどうやってここの存在を知ったっていうの？　管理部のスカウト？　それともまさか、不夜城《うち》の誰かが入れ知恵でもした？」

凄《すさ》まじい威圧感を発しながら、瑠璃が問うてくる。

殺気、闘気、剣気――古今、表現こそ違えど人々の間に語り継がれてきた不可視の圧力。無色はこの瞬間、その実在を身を以て体感した。その気に当てられてか、クラスメートたちまでもが皆口をつぐむ。

昨日、彩禍の身体《からだ》で話していたときとはまるで雰囲気が違う。安穏とした文明の中で生きる内に失われていた本能が、強制的に呼び起こされるかのような感覚。自分が今、絶対的な捕食者と対面しているのだという、問答無用の説得力。

何も知らぬ無色がそう感じてしまうほどに、瑠璃は『本物』だった。

「瑠璃――」

無論、ここで正直に答えるわけにはいかない。それは彩禍への裏切りであり、その身を危険にさらすことに他ならないからだ。

だが、だからといって偽りを囀《さえず》ることも許されなかった。安易な虚言は瑠璃に見透かされてしまうという確信があった。

だから無色は――偽りなき本心を口にすることにした。

彩禍の身体であったときには告げられなかった、最初の言葉を。

「久々に会えて嬉《うれ》しいよ」

「――ぬふぁあ!?」

無色が言うと、瑠璃は素っ頓狂な声を発しながら身を捩《よじ》った。

顔は真っ赤に染まり、目は回遊魚のように泳ぎまくっている。

しかし、瑠璃は強靱《きょうじん》な精神力で以てその場に踏みとどまると、肩で息をしながらも姿勢を戻してきた。急な発汗のためか、額に数本、前髪が貼り付いている。

「……ご、誤魔化そうったってそうはいかないわよ。ちゃんと答えて――」

「しばらく見ない間に美人さんになったね」

「ぐぉえっほげっほぐぇふぉ……ッ!」

瑠璃が、あまり美人さんっぽくない咳《せ》き込み方をしながら、その場にうずくまる。

無色は慌てて膝を折ると、その背中を撫《な》でてやった。

「大丈夫？ 慌てて喋《しゃべ》るから――」

「………………ッ！」

瞬間、瑠璃はビクッと身体を震わせると、無色の手から逃れるように床を蹴った。

そしてそのまま、トマトのように真っ赤になった顔と、涙の滲《にじ》みかけた双眸《そうぼう》で以て無色を睨《にら》み付けてくる。

「こっ、これで勝ったと思うなよー!? 私は認めないからな！ 絶対、ぜぇぇぇぇったい、この〈庭園〉から追い出してやるんだからぁぁぁぁぁっ！」

瑠璃はそう叫ぶと、教室の扉を乱暴に開けて、廊下へと走り去っていってしまった。

ポカンとした空気が流れる教室に、ホームルームの終了を示すチャイムが鳴り響いた。


――それからおよそ一〇分後。ようやく落ち着きを取り戻した栗枝巴教師のもと、一限目、座学の授業が始まった。

「つまり、新たな発見により世代が更新されたからといって、旧来の技術が無意味となるわけではなく、むしろ――」

昨日と同様に、巴が電子黒板を用い、魔術史についての解説を述べていく。

否《いな》、昨日と同様、というのはいくらなんでも彼女に悪いかもしれない。彩禍の存在に怯えきっていた昨日とは異なり、今の巴は実に堂々たる様相だった。

胸を張り、淀《よど》みなく言葉を連ね、時折ユーモアを交えて生徒の笑いを誘う余裕さえ見受けられる。なるほど、これが本来の巴の授業なのだろう。

教室の空気そのものも、昨日より大分和やかだ。

無色も注目を浴びていないわけではないのだが、昨日に比べれば皆だいぶ落ち着いているようだった。少なくとも、昨日のようにこちらの一挙手一投足を気にしてちらちらと視線を送ってくる者はほとんど見受けられない。

――まあ、そんな中、刺すような視線を無色に送り続けてきている女子生徒が一人、いはしたのだが。

そう。先ほど教室から飛び出した瑠璃ではあったが、一限目の授業が始まる頃にはしっかり戻ってきていたのである。

無論、皆の注目を浴びてはいたが、特に気にする素振りもない。鋼のようなメンタルだった。

そんな視線が気になったのだろう。巴の授業を聞きながら、隣の席に座った黒衣が、小さな声で話しかけてきた。

「……無色さん」

「なんです、黒衣」

「騎士不夜城とご兄妹《きょうだい》とは伺っていましたが、こんなにも険悪な関係だったのですか?」

「や、そんなことはないと思うんですけどね……昔は仲良かったですし」

「ならばなぜあのような目を向けられているのですか?」

「さあ……」

と、無色が頬に汗を垂らしながら答えると、そこで教卓の前に立っていた巴が、ビシッと無色を指さしてきた。

「こら玖珂くん。初めての授業で浮き足立つのはわかるけど、私語はよくないわね」

「あ――すみません」

「もう、仕方のない子。やっぱりちょっとお仕置きが必要みたいね。放課後私の――」

「おや」

と、巴の言葉の途中で、黒衣が何かに気づいたような仕草で廊下の方に目をやった。

それを見てか、巴がビクッと肩を震わせて辺りの様子を窺《うかが》う。

「え……来てないわよね？　ね？」

巴は恐る恐る教室の扉を開け、慎重に廊下を確認すると、安堵《あんど》の息とともに元の場所へと戻ってきた。

そして心を落ち着けるように深呼吸をしたのち、無色に向き直ってくる。

「ま、まあいいわ。——で、玖珂くん。お喋りする余裕があるってことは、授業が理解できてるってことよね。今のところ、答えてくれる？」

「あ、わかりません」

即座に答えると、巴は額に汗を滲ませながら苦笑した。

「わからないにしても、もうちょっと悩む素振りくらい見せてほしいわね——……」

「すみません。そもそも魔術が何かってこと自体まだよくわかってないので……」

無色が言うと、周囲の生徒たちから、呆《あき》れるような吐息や、含み笑いが聞こえてきた。

言葉の内容自体は昨日とほとんど変わらないはずなのだが、言ったのが彩禍か無色かで、こうも反応が変わるらしい。

「おいおいマジかよ。なんでこんな素人《しろうと》が、栄誉ある〈庭園〉に入れたんだ？」

長身の男子生徒が肩をすくめながら言う。

ちなみに彼は昨日同じ内容の質問に、「なんて深い問いかけなんだ……」と戦《おのの》いていた。

「困るのよね……私たちまで同じレベルだと思われるじゃない」

と、これは眼鏡をかけた女子生徒。

ちなみに彼女は昨日「魔術とは……魔力とは……はわわ～～っ！」と頭を抱えていた。

「フ……ッ、無垢《むく》なる風か。それもまた一興――」

窓際《まどぎわ》に座っていた男子生徒が、長い前髪をかき上げながら呟《つぶや》く。

ちなみに彼は「さ、さすがでヤンス、魔女様！」と揉《も》み手《で》しながら媚《こ》びへつらっていた。

と――

「――――――あ？」

そんな生徒たちの反応を受けてか、底冷えするような声が教室に響く。

瑠璃が、眉間に皺《しわ》を寄せ、額に血管を浮き上がらせながら、血走った目で教室中をぐるりと見回したのである。

『…………ッ⁉』

その視線に射すくめられ、今し方無色を笑った数名の生徒たちがビクッと肩を震わせた。

とはいえ、瑠璃はそれ以上言葉を継ぐことはなかった。

無色を〈庭園〉から追い出すと言った手前、無色を擁護するようなことは言えないが、かといって自分以外の誰かに無色を悪く言われるのは耐えがたい――というかのような調子である。まるで少年漫画のライバルキャラだった。

「る、瑠璃ちゃん、瑠璃ちゃん……」

緋純が慌てるように言って、瑠璃の肩を叩く。

瑠璃はようやくそこで意気を収め、ふんと鼻を鳴らして前方に向き直った。

「……え、えぇーとぉ……授業、続けて大丈夫……？」

ただならぬ雰囲気を察したのだろう。巴が、たらりと汗を垂らしながら問う。

すると瑠璃が、平然とした様子でそれに返した。

「当然です。早くしてください。仕事でしょう」

「えぇ……」

ぴしゃりと言われ、巴は渋い顔をしながらも授業に戻った。

◇

何ともおぼつかない座学をどうにか乗り切り、三限目。

無色はクラスの面々とともに、中央学舎から練武場へと移動していた。昨日の五、六限目と同じく、アンヴィエットの受け持つ実技の授業である。

着替えを済ませた無色は、練武場のフィールドに出ると、軽く肩を回した。

黒衣が用意してくれた運動着は、制服と同じく無色にぴったりのサイズである。いつ寸法を測ったのか知らないが、なんとも周到なことだった。

「目を離すのはやや心配でしたが、特に問題はなかったようですね」

と、後方からそんな声が聞こえてくる。見やると、無色と同じく運動着に着替えた黒衣が立っていた。

「え？　魔力放出量の変化で存在変換を起こしてしまうのは、彩禍さんの身体《からだ》から俺の身体になるときだけですよね？」

「そのはずですが、何しろわたしとしても初めての事例ですので」

黒衣が怖いことを言う。無色は苦笑しながら返した。

「まあ……でも、大丈夫ですよ。何しろ昨日とは違って男子更衣室ですし。いやほんと、素晴らしいですね男子更衣室。男しかいない空間は心が落ち着きます」

「誤解を招きそうな発言ですね」

黒衣が半眼で言ったところで、練武場の奥からアンヴィエットが歩いてきた。

「──おら、始めるぞ。集合集合」

言って、アンヴィエットが面倒そうに手招きをする。練武場にいた生徒たちが、彼の前に整列した。

「んじゃま、とりあえず準備運動済ませたら、昨日と同じように発動修練だ。ターゲットは多めに用意してあるから、何組かに分かれて——」

と、アンヴィエットがそこで言葉を止める。

一瞬何があったのかと思ったが、その理由はすぐに知れた。

集まった生徒たちの中、瑠璃が一人、高く手を挙げていたのである。

「一つよろしいでしょうか、先生」

「あァ？　ンだよ不夜城」

「今日は、初めて実技科目を行う編入生が二人います」

「編入生？　……あー、そういえばそんな話があったっけか」

アンヴィエットは頭をかきながら言うと、並んだ生徒たちを見回し、無色と黒衣のところで動きを止めた。

「おまえらか。——って、久遠崎の侍従とかってヤツじゃねえか。なんでこんなとこに」

言って、嫌そうな顔で黒衣を睨む。

しかし黒衣は意に介した様子もなく、軽く会釈《えしゃく》した。アンヴィエットもそれ以上会話を続けるつもりはないらしく、フンと鼻を鳴らして黒衣から視線を外す。

「で、おまえが……」

次いで目を向けられ、無色は居住まいを正した。

「はい。玖珂無色です」

「あーはいはい。気が向いたら覚えてやるよ」

アンヴィエットはぞんざいな調子で手をヒラヒラと振った。

「んで？　これで満足か？　準備運動のやり方がわかんねーんなら、誰かが教えてやんな。発動修練はまあ——できるならよし、できねえならまずは他の奴《やつ》らのを見とけ。見るのも修行のうちだ」

「いえ。一つ、許可をいただきたく」

「許可？　何のだよ」

瑠璃の言葉に、アンヴィエットが怪訝《けげん》そうな顔をする。

すると瑠璃は、刺すような視線を無色に向けてきた。

「——玖珂無色との模擬戦の許可を」

「……あァ？」

『…………！』

瑠璃の言葉に、アンヴィエットが眉根を寄せ、クラスの面々は驚愕《きょうがく》の表情を作った。

黒衣もまた、ピクリと眉の端を揺らす。

教室での瑠璃の発言が、無色の脳裏に蘇《よみがえ》る。理由こそわからないが、瑠璃は無色をこの〈庭園〉から追い出すと言った。ここで無色を痛めつけて、心を折ろうという腹積もりかもしれない。

決闘や闇討ちではなく授業中の模擬戦を選んだのは、彼女の律儀《りちぎ》な性格ゆえか、それとも、クラスメートたちの前で醜態を晒《さら》させようと考えているからなのか。

練武場を、一触即発の空気が包み込んだ。

――だが。

「……いや、いきなり何言ってんだ。駄目に決まってんだろ」

アンヴィエットは、頬に汗を垂らしながら普通に断った。

完全に戦う流れだと思っていたのだろう。瑠璃が不服そうに眉根を寄せる。

「……なんでですか」

「なんでって……S級魔術師が編入生相手に模擬戦とか、逆になんで許可されると思ったんだよ。戦闘民族かテメェ。こわぁ……」

「…………」

アンヴィエットに正論を返され、瑠璃はぐっと唇を噛《か》んだ。

心なしか、目が赤くなっているような気がした。

なんだかちょっとかわいそうだった。

「おら、早く準備運動だ。それ終わったら練武場三周走ってまたここに戻ってこい」

練武場にいたたまれない空気が流れる中、アンヴィエットが指示を発する。

生徒たちはどことなく気まずそうにしながらも、その指示に従って準備運動を始めた。

ちなみに瑠璃も、目を充血させながらもきっちり準備運動をこなしていた。何なら一番腱《けん》をしっかり伸ばしていた。走る際も手足の振りがものすごく綺麗《きれい》だった。我が妹ながらなんて心が強いのだろうと感心してしまう無色だった。

全ての準備運動を終え、生徒たちが練武場の中央に戻る。

その頃にはアンヴィエットが、光る手足を生やしたボール状のターゲットを一〇個ほど用意し終えていた。

「――順番に一撃ずつ入れてけ。顕現段階は第二まで。難しい場合は二、三人で組んで取り囲んでもいい。サボってるヤツにゃ蹴り入れるからな」

『――はい！』

アンヴィエットの指示に従って、生徒たちが思い思いのターゲットに向かい、意識を集中し始める。

「…………」

その光景を見ながら、無色は軽く目をこすった。

「どうかされましたか、無色さん」

無色の様子を不審がってか、黒衣が問うてくる。無色は数度瞬《まばた》きをしてから答えた。

「あ、いえ……ぼんやりとなんですけど、みんなの周りに魔力が見える、ような……」

そう。今の無色は、彩禍モードではない。

なのに、生徒たちの身体に纏《まと》わり付く魔力が、朧《おぼろ》気《げ》ながらも感じ取れたのである。

しかし黒衣は、さして驚くでもなく首肯してきた。

「考えられないことではありません。以前申し上げました通り、魔術を習得する際の最初のハードルは、魔術という未知の感覚を掴《つか》むことです。――ですが、無色さんは既に彩禍様の身体で、その段階を突破されております。無色さんの脳はとうに、魔術師のそれになっているのですよ」

「な――」

言われて、無色は自分の手に視線を落とした。

「知らず知らずのうちに、彩禍さんに身体を開発されていた……？」

「言い方」

黒衣は半眼のまま、こほんと咳払《せきばら》いをした。

「とはいえ、他の魔術師にしてみれば、これほど羨ましい話もありませんね。魔術習得における最初のハードルを、最強の魔術師の補助で知らぬ間に突破してしまったというのですから」

「……ってことは、俺、魔術も使えるようになってるんですかね？」

「さすがにそう都合よくいくとは思えませんが――魔力の放出くらいは可能になっているかもしれませんね。試してみてはいかがです？」

言って、黒衣が右端のターゲットを指さす。光る手足の生えたボールが、どこか寂しそうにぽつねんと佇《たたず》んでいた。

「そうですね。駄目でもともと、やってみます」

無色はそう言うと、ターゲットの前に立ち、彩禍の身体で魔術を使ったときの感覚を思い出しながら、意識を集中させ始めた。


「――宗方《むなかた》。魔力の練りが甘《あめ》ぇ。顕現体を武器と思うな。自分の手足の延長だと意識しろ。――間淵《まぶち》。第一までしか出せねえならそれでもいい。やり方によっちゃあ一撃くれてやるのは可能なはずだ。手持ちのカードで目的を達する方法を探れ」

アンヴィエットはジャージのポケットに手を突っ込みながら、ターゲットに向かう生徒たちに、順に助言をしていた。

生徒たちは皆、身体のどこかに、一枚、ないし二枚の界紋《かいもん》を出現させている。顕現術式を発動させている際の特徴だ。

とはいえ、第二顕現を発動できる術師、というのも貴重ではある。それが第三の段階となると、生涯を賭《と》して至れるのは、この中に一体何人いるか——

「…………っ!?」

と。

そんなことを考えながら練武場を見回していたアンヴィエットは、不意に背筋に冷たいものを感じ、後方を振り向いた。

別に強い魔力を察知したとか、殺気を感じたというわけでもない。何があったのかと言われれば説明しづらい感覚ではあった。

けれど、魔術師としての勘が、騎士としての直感が、アンヴィエットに平静でいることを許さなかった。

「——————」

視界の端に、瑠璃の姿が見える。

瑠璃もまたアンヴィエットと同じような顔をしながら、額に汗を滲《にじ》ませていた。

——何だ、一体。

アンヴィエットはごくりと息を呑《の》みながら、眼球をぐるりと巡らせた。

振り向いた先には、数名の生徒たちの姿が認められる。皆ターゲットに四苦八苦しているようだ。

第一顕現で風を巻き起こす生徒——

第二顕現で出現させた鎚《つち》を振るう生徒——

そして——界紋を一枚も出現させないまま、両手を前に掲げただけの編入生。

「…………」

最後のそれを見たところで、アンヴィエットはぽりぽりと頬をかいた。

「……まさか、な」

そしてそう呟《つぶや》いて、小さく息を吐いた——まさに、その瞬間である。

「何……!?」

——〈庭園〉中にけたたましい警報が鳴り響き。

練武場の空に、無数の罅《ひび》が入っていったのは。

目を閉じ、意識を集中していた無色は、突如として響き渡った警報に顔を上げた。

するとそれに合わせるように、開けていた練武場の上空に、幾つもの罅が入っていく。

「な……⁉」

「──無色さん」

「黒衣、これは……！」

駆け寄ってきた黒衣に、無色は慌てて声を上げた。

その音は。そしてその光景は。

無色がこの〈庭園〉にやってきた日に起こったそれと、非常によく似ていたのである。

無色の思考を察したように、黒衣が険しい顔をしながらうなずく。

「間違いありません。滅亡因子です。ですが、こんなにも急に──」

黒衣の言葉を遮るように、空に生じた罅が一際《ひときわ》大きくなっていき──やがて、その中から、巨大な怪物が姿を現す。

鋭い爪。硬質な鱗《うろこ》が並んだ体軀《たいく》。蝙蝠《こうもり》を思わせる翼。そして、角と牙が並んだ頭部。

滅亡因子二〇六号：ドラゴン。

それはまさに、無色が〈庭園〉にやってきたその日、アンヴィエットが一撃の下に倒した幻獣の姿であった。

だが、あのときとは決定的に異なることがある。――数だ。

あのとき現れたドラゴンは一体きり。それでも一息で、〈庭園〉の外に広がる街を火の海に変えた。

そのドラゴンが、今は――

「一〇〇……二〇〇……いや、もっと……!?」

狼狽《ろうばい》に満ちた誰かの声が、練武場に響き渡る。

そう。一目では正確な数さえ把握できないほどに大量のドラゴンが、〈庭園〉の空を覆い尽くさんとしていたのである。

否《いな》――正確に言うならば、それだけではない。

無数のドラゴンの最奥《さいおう》。空間に生じた亀裂から、あまりに巨大な竜の顔が、鎌首をもたげていたのである。

その光景に、アンヴィエットが目を見開いた。

「はァ!? 滅亡因子〇四八号――『ファーヴニル』だと!? 二桁台《ダブルナンバー》がなんでこんなところに！　それにこのドラゴンの数、一体何が起こりやがった!?」

「泣き言を言っている場合ではありません！　まずは生徒たちの避難を！」

瑠璃がアンヴィエットを一喝するように叫びを上げる。その声は、そして語調は、既に一生徒のものではなく、〈庭園〉の守護者たる騎士のそれであった。

「言われなくてもわぁーってるよ！　B級以上の魔術師は応戦、C級以下は中央エリアに退避しろ！」

『は……はいっ！』

その指示に従い、数名のみを残して、生徒たちが練武場から退避しようとする。

だが、まるでその動きを予見していたかのように、数体のドラゴンが空より飛来し、生徒たちの行く手を遮るように立ちはだかった。

「わ、わわわっ！」

「きゃあッ!?」

ドラゴンの咆哮《ほうこう》を受け、生徒たちが身を竦《すく》ませる。

「ち——」

が、ドラゴンの爪が生徒たちを切り裂くよりも早く、アンヴィエットの背に、二枚の光輪が煌《きら》めいた。

「第二顕現——【雷霆杵《ヴァジュドーラ》】ッ！」

アンヴィエットの周囲に二つの三鈷《さんこ》が出現し、雷撃を放つ。

瞬間、生徒たちに迫っていたドラゴンの首が弾《はじ》け飛んだ。重苦しい音とともにその巨体が地面に沈み、光と消える。

「無事か!?」

「は、はい!」

「じゃあさっさと行きやがれ!」

怒号じみたアンヴィエットの声が飛ぶ。生徒たちは慌てた様子で足を再度動かした。

とはいえ、ドラゴンの数は際限がない。まるで誰一人として逃がすつもりはないとでも言うかのように、次々と練武場へと飛来してきた。

「この——」

アンヴィエットが渋面を作りながらも、雷光で以《もっ》てドラゴンの首を飛ばし、翼を千切り、胴に大穴を開けていく。その様は、まるで雷霆《らいてい》を纏う軍神を思わせた。

力の差は歴然。巨大なドラゴンが、次々と彼の足下に沈んでいく。

しかしながら、問題は滅亡因子の圧倒的な物量である。彼の意識の隙を縫うように、生徒たちへとドラゴンが襲いかかる。

そしてそれは、無色と黒衣も例外ではなかった。

「うわ……っ!?」

「……！　く──」

巨大なドラゴンが、上空から無色と黒衣目がけて飛来してくる。黒衣が自分の身を盾とするように、無色の前に進み出た。

「黒衣！」

無色は半ば無意識のうちに黒衣の肩を摑《つか》むと、そのまま巻き込むような格好で黒衣を抱き寄せ、自らの背をドラゴンに向けた。

「無色さん……!?」

驚愕《きょうがく》の色に染まった黒衣の声が、無色の鼓膜を震わせる。

だが、予想されたような衝撃は、いつまで経《た》っても訪れなかった。

「第二顕現──【燐煌刃《りんこうじん》】！」

そんな瑠璃の声が響いたかと思うと、無色たちに迫っていたドラゴンの巨大な体躯が、バラバラに切断されたのである。

「な──」

幾つもの部品に分解されたドラゴンの死体が宙を舞う中、無色の目の前に瑠璃が降り立った。

頭部に、鬼の面を思わせる界紋が二画浮かび上がり、その手には、鬼火のように輝く刃《やいば》を持った薙刀《なぎなた》が握られている。

その神々《こうごう》しいばかりの威容に、無色は一瞬目を奪われてしまった。

だが、瑠璃は険しい表情を作ると、そのまま無色の胸ぐらを掴み上げてきた。

「……これが魔術師の戦場よ。どこで〈庭園〉のことを知ったのかは知らないけれど、諦めなさい。あんたに魔術師は務まらない。——わかったら、早く逃げて。そして二度とこの世界に関わらないで」

瑠璃は一方的に言うと、ちらと黒衣の方を見やった。

「黒衣って言ったわよね。——魔女様の侍従がどうして無色と親しくしているのかは知らないけど、それなりにやるんでしょう？——無色を、お願い」

そして静かな声でそう告げると、地を蹴り、光の軌跡を描きながら、残るドラゴンの群れに向かっていった。

「……無色さん」

無色が呆然《ほうぜん》と瑠璃の戦いを見上げていると、腕の中から、不服そうな黒衣の声が聞こえてくる。無色は慌てて手を離した。

しかし黒衣の不機嫌そうな表情は変わらなかった。眉根を寄せながら、恨み言を呟くかのような調子で続けてくる。

「何を考えておられるのですか。再三申し上げたはずです。あなたの身体《からだ》は彩禍様の身体。あなたの死は、即《すなわ》ち彩禍様の死であると」

「すみません、つい」

「つい、ではありません」

黒衣がぷいと顔を背ける。どうやら本気で怒っているらしい。

無色は困り顔を作りながら、再度上空へと目をやった。

「で、でも結果オーライですよ。アンヴィエットもですけど……瑠璃もあんなに強かったんですね。突然のドラゴンには驚きましたけど、あれなら――」

「…………」

無色が言うも、黒衣は難しげな顔をした。

「そう簡単にいくでしょうか」

「え？」

「お二方の力は確かに強大です。それに、もうすぐ応援も駆けつけるはず。いずれは現れた滅亡因子全てを討滅することができるでしょう。――ですが、あまりに数が多すぎます。相応の被害が出ることは避けられないでしょう」

「でも、滅亡因子を倒せば、その被害はなかったことになるんじゃあ……」

先日目にした光景のことを思い出しながら無色が問うと、黒衣は眉間に深い皺《しわ》を刻んだ。

「確かに、可逆討滅期間のうちに滅亡因子を倒せたならば、その滅亡因子が起こした事象は『なかったこと』になります」

「ですよね。なら――」

「ですが、滅亡因子の消滅を観測することのできる者――魔術師においては、その限りではありません」

「……！　魔術師の死は覆《くつがえ》らないってことですか？」

「そういうことです」

無色の言葉に、黒衣は苦々しい顔を作りながら首肯した。

「もしもこの状況を、一人の死者も出さずに打破できる者がいるとしたら、それは――空を埋め尽くすドラゴンを一掃し、なおかつ、そこにいる魔術師たちは偶然その攻撃を免《まぬが》れる――そんな滅茶苦茶《めちゃくちゃ》が可能な魔術師だけです」

「そんな都合のいい魔術師――」

その言葉を受けて、無色は拳を握った。

「――一人しか、心当たりがありませんね」

「────おおおおおおおおおおおおぉぉぉぉ──────ッ！」

裂帛《れっぱく》の気合いとともに、瑠璃は薙刀を振り抜いた。

第二顕現【燐煌刃】。長柄の先に生じた光の刃が鞭《むち》のようにしなり、縦横無尽に軌跡を描いて、周囲の滅亡因子を寸断していく。

強靭《きょうじん》な身体と、全てを燃やし尽くす火の吐息を持つドラゴンといえど、〈庭園〉の騎士の手にかかればそう難しい相手ではない。実際瑠璃もアンヴィエットも、既に三〇を越えるドラゴンを狩っていた。

だが、問題はその数だ。

未《いま》だ空には無数の影が舞い、次々と〈庭園〉に、そしてその外側に広がる外界に襲いかかっていく。辛《かろ》うじて魔術師の被害こそ抑えてはいるものの、周囲の街は既に焼け野原と化していた。

可逆的討滅期間の内に滅亡因子を倒せば消えてなくなる光景といえど、やはり見ていて気分のよいものではない。瑠璃は顔をしかめながら、薙刀を握る力を強めた。

と──まるでそれに合わせるかのようなタイミングで、別のドラゴンが、眼下の練武場目がけて火炎の息を吐く。辺りの空気が灼熱《しゃくねつ》と化した。

「ち――」

瑠璃は空を蹴ると、薙刀の刃を操り、炎を吐くドラゴンの首を飛ばした。仰々しい頭部が、切断されたあとも数秒間炎を撒《ま》き散らしながら、地面に落下していく。

練武場には未だ数名の生徒たちがいたが、皆仮にも魔術師の端くれ。各自思い思いの方法で炎を防いでいたようだった。目の端でそれを確認し、小さく安堵《あんど》の息を吐く。

が、そこで瑠璃はあることに気づいた。

――練武場の中に、無色と黒衣の姿がないことに。

「無色――」

瑠璃は喉を絞ると、眼下に視線をやった。

無事逃げおおせたのならばそれでいい。だが、無色は編入してきたばかりの素人《しろうと》である。もしも今の炎を受けてなどいたならば――

最悪の想像が瑠璃の脳裏を掠《かす》める。

ほんの一瞬。しかし戦場においてそれは、致命的な隙となるのに十分な時間だった。

「く……⁉」

気づいたときには、空間の裂け目から顔を出した巨大な滅亡因子――ファーヴニル・タイプが、その乱杭《らんぐい》のような歯の並んだ顎《あぎと》を、大きく広げていた。

――避けられない。瑠璃は奥歯を噛《か》み締めて衝撃に備えた。なんとか攻撃に耐え、反撃に転ずるために。

だが――

「――――え？」

次の瞬間。瑠璃は思わず目を丸くした。

予想された痛みは、いつまで経っても襲ってこない。

その代わり、瑠璃の全身を、途方もない違和感が包み込んでいた。

そう。一瞬前まで瑠璃の周囲には、練武場が、〈庭園〉が、火の海と化した街々が広がっていた。

しかし、今瑠璃の目に映っていたのは――

極寒の暴風吹き荒れる、氷の大地であったのだ。

「な……これ、は――」

何の比喩でも冗談でもない。

一瞬にして場所を移動してしまったかのように、先ほどまでとはまるで異なる空間が辺りに広がっている。まるで夢か幻としか思えない光景であった。

しかし瑠璃は、その現象に覚えがあった。その感覚に心当たりがあった。

『現象』を越え、『物質』を形作り、『同化』を経て達する至高の『領域』。

顕現術式・第四顕現。

魔術の到達点にして、極小の世界を形作る究極の業。

そして、これほどの規模の顕現を成す者など――

「――わたしの留守中に庭を荒らそうとは、無作法な客もいたものだ」

「…………！」

己の思考に答えるかのようなタイミングで発された声に、瑠璃は顔を上げた。

そして、そこに浮遊していた少女の姿を見て、震える声を漏らす。

「魔女様――」

そう、そこには。

頭上に四画の界紋を展開させた極彩の魔女・久遠崎彩禍が、悠然と佇《たたず》んでいたのである。

なぜかその身に運動着を纏《まと》っていたりはしたものの、感動に打ち震える今の瑠璃には、さして気にならなかった。

彩禍が、界紋の光を輝かせながら、眼下に犇《ひし》めく滅亡因子たちを睨《ね》め付ける。

「我が足に口づけろ。

――全員纏めて、花嫁にしてやろう」

彩禍はそう言うと、ゆっくりと片手を上げた。

するとその動作に合わせ、辺りに吹き荒れていた暴風が、指向性を持ったように渦を巻いていく。

「あ、あれは……！」

「竜巻……!?」

生徒たちが驚愕《きょうがく》の声を上げる。

彼らの言葉に応えるかのように、無数の氷の礫《つぶて》を巻き込んだ竜巻が、一斉にドラゴンたちに、そして最奥《さいおう》のファーヴニル・タイプに襲いかかる。

巨大な怪物は、氷の礫に圧殺され、あるいは氷点下の暴風によって凍結されていった。

無数の断末魔の声が空に響き、しかしすぐに氷嵐の轟音《ごうおん》によって掻《か》き消されていく。

「う、うわぁぁぁぁぁっ!?」

「きゃあああああああっ！」

無論、そこにいたのは滅亡因子だけではない。残されていた生徒たちは凄《すさ》まじい絶叫を上げた。

だが――

「…………ッ！」

次の瞬間、瑠璃は再度目を瞬《しばたた》かせた。

氷の暴風が視界を覆い尽くしたかと思ったそのとき、再び周囲の景色が様変わりしたのである。

そう。先ほどまで瑠璃たちが戦っていた練武場の風景に。

しかし、もうそこには、あれだけいたはずのドラゴンは、一体も残されていなかった。

生徒たちはそれぞれ、尻餅を突きながら目を白黒させたり、地面の上で蹲《うずくま》りながら震えていたりはしたものの、皆無事である。

時間にすれば、恐らく一分にも満つまい。

──まさに、奇跡としか言いようのない神業であった。

「ふう。──騒がせたね」

言って、彩禍が地面に降り立ち、戯《おど》けるような調子で礼をしてみせる。

──その姿に歓声が送られたのは、皆が状況をきちんと把握したあとのことだった。

「…………」

指先で自分の唇に触れながら、黒衣は練武場のフィールドをゆっくりとした足取りで歩いていた。

もうそこに、滅亡因子の姿は見受けられない。

彩禍の姿と化した無色が、第四顕現で以《もっ》て一掃してしまったのだ。

繊細な魔力操作はまだ望むべくもないが、制限をかけずに力を振るうことは可能らしい。

なんとも奇妙な魔術師の姿ではあった。

とはいえ、見たところ生徒たちにも被害は出ていない。文句の付けようのないお手柄だろう。

「……ふむ」

しかし。黒衣は難しげな顔をしたまま、空を見上げた。

「あれほどの数の滅亡因子が一度に——本当に自然発生したものでしょうか？」

怪訝《けげん》そうな黒衣の呟《つぶや》きは、後方から響いた生徒たちの歓声によって掻き消された。

第四章　逢瀬

謎の滅亡因子大量発生のあと。

彩禍《さいか》の姿となった無色《むしき》は、〈庭園〉東部エリアに位置する医療棟を訪れていた。

学園の医療棟──とはいうものの、もはや規模的には病院と変わりない。五階建ての大きな建物だ。その一階診療フロアに、先ほど練武場にいた学生たちが集められている。

とはいえ、見たところ大した怪我《けが》を負った者はいない。最も重傷の者でも、擦り傷や打ち身程度だろう。急を要する治療というよりは、念のための診療といった方が適当かもしれなかった。

「──おお彩禍。災難じゃったの」

と、無色がそんなことを考えていると、建物の奥から、下着のような軽装の上に大きめの白衣を引っかけた少女が歩いてきた。

〈騎士団〉の一角、エルルカ・フレエラだ。そういえば平時彼女は、〈庭園〉医療部の責任者をしていると聞いていた。

「ああ、エルルカ」

無色がそちらに向き直ると、周囲の学生たちが畏《かしこ》まるように背筋を伸ばした。それを見てか、エルルカがヒラヒラと白衣の袖を振る。

「よいよい。怪我人が無理をするでない」

エルルカは気安い調子で言うと、フロアをぐるりと見回し、「ふむ」とあごを撫《な》でた。

「結構な人数じゃの。どれ――」

エルルカが、印を結ぶように指を組み合わせる。

すると彼女の肌に、赤い入れ墨のような紋様が二つ、浮かび上がった。

「第二顕現――【群狼《ホロケウ》】」

そしてエルルカがそう言った瞬間、彼女の周囲に、幾つもの獣の姿が現れた。

ぼんやりと輝く毛並みと、エルルカのそれによく似た紋様を持つ、狼《おおかみ》。

十数頭は下らぬその狼たちは、エルルカの手振りに合わせて床を蹴ると、フロアに犇《ひし》めいていた学生たちのもとへと向かっていった。

そして、すんすんとその匂いを嗅ぐような仕草を見せたあと、学生たちの身に生じた擦り傷や切り傷を、ペロリと舐《な》めていく。

「え、な、何？」

「ひゃ、ひゃふふ……」

それがくすぐったかったのか、数名の学生たちが身を捩《よじ》ったり、笑い声を上げたりした。

「少しの間静かにしておれ」

エルルカが注意するように言うと、まるでそれに合わせるかのように、狼たちが舐めた箇所が仄《ほの》かな光を帯び——そこにあった傷が、ゆっくりと消えていった。

「————」

その光景に、思わず目を見開く。黒衣《くろえ》からなんとなく伝え聞きはしていたものの、実際目にするとやはり驚きは隠せないのだった。

「——ま、ここは狼たちに任せておけば大丈夫じゃろう。彩禍、ぬしはこちらじゃ。ぬしがあの程度の滅亡因子相手に傷を負うはずがないことくらいわかっておるが、一応の」

「え?」

「生徒たちならまだしも、ぬしほどの魔術師となれば、狼には任せられぬじゃろう」

「あ、ああ」

無色はエルルカに言われるままに、フロアの奥にある診察室へと入っていった。

机と簡易ベッド、それに椅子が二つ並んだ、こぢんまりとした一室である。エルルカは無色を椅子に座らせると、自らもその向かいの椅子に腰掛けた。

「どれ」

　そしてそのまま、実に自然な動作で無色の運動着の裾をむんずと摑《つか》み、ぐいと上に持ち上げる。必然、無色のお腹《なか》がぺろんと空気に晒《さら》された。

「……っ⁉」

　常に彩禍らしくと意識はしていたものの、突然のことに、思わず目を丸くしてしまう。

　するとエルルカが「ん？」と眉根を寄せた。

　一瞬、彩禍らしからぬ反応に違和感を抱かれてしまったかと思ったが、どうやら違うようだ。エルルカの視線は、運動着と一緒に上方へ持ち上げられた、無色の——正確には彩禍の——豊満な乳房へと向けられていた。

「なんじゃ、ぬし、もしや下着を着けておらぬのか」

「——あ」

　無色は小さく息を詰まらせた。

　無色が今身に纏《まと》っている運動着は、女子用のものだ。とはいえ、存在変換の際に着替えたわけではない。いくら正体がバレないようにしなければならないとはいっても、服を着替えられるような局面ではなかった。

　黒衣曰《いわ》く、制服や運動着など、霊糸の編み込まれた服には魔術が施してあり、存在変換に対応して男子用と女子用に変化する、とのことだった。

とはいえ、あくまでそれは男子用のシャツやハーフパンツが女子用に形状変化するだけのことであり、もともとなかったものを作り出すことまではできない。

そう。要は不測の事態で彩禍モードに変身した無色は今、ノーブラ状態だったのである。

「ああ、いや、これはだね――」

無色は目を泳がせながら、彩禍らしい理由を考えた。

だが、どれだけ思考を巡らせても、ずぼらな理由か、うっかりな理由か、やや変態的な理由しか浮かんでこなかった。困ったことに、どれも彩禍らしくない。

と、無色が途方に暮れていると、エルルカがニッと唇の端を上げてきた。

「まあ、あれは煩わしいからの。気持ちはわかる。わしも瑠璃《るり》が止めなんだら、白衣の下には何も着けたくないのじゃが」

「……は、は」

なんだか妙な勘違いをされてしまった気もするが、ここで否定して問い質《ただ》されても困る。

無色は曖昧に微笑《ほほえ》むにとどめた。

が、その微笑は、すぐにまた驚愕《きょうがく》の形に変化することとなった。

理由は単純。エルルカが無色のお腹に、つつつ……と舌を這《は》わせてきたからだ。

たまらず、甲高い声を上げて身を捩ってしまう。エルルカが不思議そうに無色の方を見てきた。

「ひゃふ……っ⁉」

「なんじゃ、妙な声を出しおって」

「あ、いや……エルルカ、何を……？」

「異なことを。診察に決まっておろう。汗は言葉の一〇〇倍雄弁じゃぞ──」

と、言葉の途中で、エルルカが不思議そうな顔をした。

「彩禍、ぬし、体調が悪いのか……？」

「え？　な、なぜだい？」

「いや、普段と少し味が違う気がしての」

「──────！」

エルルカの言葉に、無色は心臓がきゅうと収縮するのを感じた。──まさか彼女は、無色が完全な彩禍ではないということに気づいたというのだろうか。

「んん……？　どれ、もう一度──」

「あ、ちょ──」

エルルカが唇をぺろりと舐め、再度無色の運動着の中に頭を突っ込もうとしてくる。無色は慌ててその頭を押さえた。

これ以上『診察』を受けて正体がバレてしまうのは避けねばならなかったし──何より、突然の行為に、先ほどから心臓がドキドキしっぱなしだ。下手をしたらエルルカの目の前で存在変換を起こしてしまいかねなかった。

「こら、何をする。大人しくせんか」

「いや、わたしは大丈夫だから──」

と、エルルカと無色が狭い診察室の中で攻防を繰り広げていると、不意に部屋の扉がノックされた。

「──お取り込み中申し訳ありません。エルルカ様、少しよろしいでしょうか」

そして看護師と思《おぼ》しき女性が、扉を少しだけ開けて言ってくる。エルルカは小さく眉を揺らし、そちらに目をやると、椅子からすっくと立ち上がった。

「ん。すぐに戻る。少し待っておれ」

エルルカは無色に指を突きつけながらそう言うと、扉を通って診察室を出ていった。

その背を見送り、はあと大きなため息を吐《つ》く。

「助かっ……た……？」

と、次の瞬間、身体《からだ》が淡く輝いたかと思うと、彩禍モードから無色モードへと変身してしまう。――どうやら、存在変換が起こってしまったようだ。

本当にギリギリのタイミングである。もし看護師が呼びに来なければ、エルルカに肌を舐められているときに男に戻っていたかもしれなかった。

とはいえ、安堵《あんど》してばかりもいられない。無色はエルルカに悪いと思いながらも、彼女が戻ってくる前に部屋を去ろうとした。

が、無色が扉のノブに手をかけようとした瞬間。

「――待たせたの、彩禍」

「わっ」

扉が開いたかと思うと、エルルカが本当にすぐ戻ってきた。思わず肩を震わせる。

「うん？」

エルルカは不思議そうな顔をしながら部屋を見回すと、診察室の番号を確かめるようにしてから、再度無色に視線を向けてきた。

「誰じゃぬしは。彩禍はどこへいった？」

「あ、いや、その、彩禍さんは急用を思い出したとかで、出ていかれました。俺は偶然近くにいたところ、それをお伝えするよう頼まれまして……」

無色が誤魔化すように言うと、エルルカは呆《あき》れたように吐息した。

「あやつめ、待っておれと言ったというに。相変わらず自由なやつじゃ」

やや苦しい言い訳かと思ったが、どうやら納得してくれたらしい。無色はホッと胸をなで下ろすと、小さく頭を下げた。

「では、俺はこれで……」

「ん？　ああ――」

と、無色がエルルカの脇をすり抜けようとしたところで、その眉がぴくりと動いた。

「ちょっと待て」

「……！　な、なんでしょう」

無色がビクッと身体を震わせながら足を止めると、エルルカは何やら不審そうに鼻をひくひくさせてきた。

「ぬし、どこかで会ったことがあったかの？」

「い、いえ。なぜでしょうか」

「いや、嗅いだことのある匂いな気がしての……」

エルルカはふうむと考え込むと、やがて椅子を指さした。

「座れ」

「え？」

「座れ、と言うておる。ぬしも練武場にいた生徒じゃろう。手が空いたからの。特別にわしが診てやろう」

「えっ？　いや、俺は」

「いいから、早く座るがよい」

「…………はい」

これ以上拒否するのも不自然だろう。無色は観念して椅子に腰掛けた。

そして少し頬を赤らめながら、自ら運動着を捲《まく》り上げる。——恥ずかしくないといえば嘘《うそ》にはなるが、精神状態によって存在変換を起こしてしまうのは、彩禍モードから無色モードだけのはずだ。恐らく、大丈夫だろう。

と、無色が覚悟を決めて待っていると、エルルカがポカンとした表情を作った。

「いきなり何をしておるのじゃ、ぬしは」

「……えっ？　だって、エルルカさんの診察って、お腹を舐《な》めるんじゃ」

無色が言うと、エルルカは一瞬目を丸くしたのち、可笑《おか》しそうにカラカラと笑った。

「ははは、まさか彩禍から聞いたのか？　それは彩禍にだけじゃ」

「……あっ、そうだったんですね……」

早とちりが過ぎた。なんだか恥ずかしさが倍増して、無色はおずおずと捲り上げた運動着の裾を元に戻そうとした。

が、そこで、エルルカにガッと手を摑まれる。

「にしても……彩禍に聞いていたとはいえ、自ら腹を晒すとは、顔に似合わず大胆なやつじゃの。──よかろう。これも何かの縁じゃ。特別に、わしが舐《み》てくれよう」

「えっ？　は……、えっ⁉」

エルルカの言葉に無色は思わず声を裏返らせた。

するとエルルカが、その小柄な体軀《たいく》と幼い容貌に似合わぬ、淫蕩《いんとう》な笑みを浮かべる。

「さてさて……どうじゃ？」

「あ、や、ちょ──」

抵抗空《むな》しく、お腹がぺろりと舐められる。無色は「ひん！」と情けない声を上げた。

するとエルルカが、何やら訝《いぶか》しげに眉根を寄せる。

「……ん？　この味は……？」

「……っ！」

その反応に、無色は小さく息を詰まらせた。

彩禍モードの無色の汗を舐めただけで違和感を覚えたエルルカである。もしかしたら、何かに気づかれてしまったのかもしれない。

「んん……？　気のせいかの。どれ、もう一度……」

「や、やっぱり俺、失礼します……！」

「あっ、待つのじゃ！」

無色が慌てて診察室を出ようとすると、エルルカが運動着の裾をむんずと摑《つか》んできた。

「だ、大丈夫です！　俺、どこも怪我《けが》してませんから！」

「そんなものはどうでもいい！　いいから舐めさせぬか！　さあ、服を脱げい！」

「きゃあああああ！　やぁぁぁあめぇぇぇてぇぇぇぇぇっ⁉」

「ええい、すぐに終わるのじゃ！　天井の染《し》みでも数えておれ！」

しばしの間、診察室の中でバタバタと攻防が続く。

そんな大立ち回りである。二人の声は診察室の扉を通して廊下、そして生徒たちが勢揃《せいぞろ》いした待合室に筒抜けになっていた。

それからしばらく、『騎士エルルカが男子生徒を手込めにしようとしていた』という噂《うわさ》が流れることになるのだが、今の無色にはそんなことを気にするような余裕はなかった。


「──探しましたよ、無色さん。一体どこへ行っていたのですか」

診察室の攻防からおよそ一〇分後。無色がよろよろとした足取りで医療棟の廊下を歩いていると、黒衣が声をかけてきた。

「……というか、この短時間の間に、なぜまた存在変換を。それにそのくたびれた運動着。わたしが目を離した隙に何をしていたのですか？　いやらしい」

黒衣が、蔑むような目で無色を見てくる。無色はブンブンと首を横に振った。

「違う。違うんです、黒衣」

かいつまんで事情を説明すると、黒衣が納得を示すように半眼を作った。

「……なるほど。騎士エルルカですか。もしやと思いますが、正体がバレてはいないでしょうね？」

「はい。危ないところでしたけど、それはなんとか大丈夫だと思います……」

無色がうなずくと、黒衣はホッとしたように息を吐いた。

しかしそんな安堵を滲《にじ》ませたのも束《つか》の間、すぐにその表情を険しいものに変える。

「——無色さん、少しお話が。ここは人が多いですし、こちらへ」

「え？　あ、はい」

無色は小さくうなずくと、黒衣のあとについて医療棟の廊下を歩いていった。

やがて二人は、ひとけのないエリアにたどり着く。黒衣が辺りの様子を確認するように視線を巡らせてから、再度口を開いた。

「……詳細は調査部の報告待ちになりますが、先ほどの滅亡因子大量発生、もしかしたら、人為的なものかもしれません」

「え――？」

黒衣の言葉に、思わず目を丸くする。

「あのドラゴンたちが、誰かの命令で俺たちを襲ってきたっていうんですか？」

「いえ、使役しているとまでは申しません。ですが、滅亡因子の発生タイミングと場所を操作した――もしくは、発生した滅亡因子を一カ所に転移させたという可能性はあるかと」

「そんな。滅亡因子は、世界を滅ぼすかもしれない存在なんでしょう？　一体誰が――」

そこまで言いかけたところで、無色は言葉を止めた。

すると黒衣が、無色の気づきを察したように小さく首肯してくる。

「ええ。そのようなこと、尋常な魔術師ならばするはずがありませんし、しようと思ってできるような芸当でもありません。――ですが」

そう。黒衣はこう言っているのだ。

――彩禍と無色を襲撃した魔術師が、今回の事件を引き起こしたのではないか、と。

「思えば、絶妙な構成ではありました。いずれは倒しきれるレベルの滅亡因子の群れ。しかし全てを掃討し終えるまでに、生徒に被害が及ぶ可能性がある――」

「……、それって、つまり」

無色が頰に汗を垂らしながら言うと、黒衣はこくりとうなずいた。

「――綺麗《きれい》なくらい、彩禍様の登場が演出されているのです。まるで、学園の中にいる彩禍様が、第四顕現を発動できる本物なのかどうかを確かめようとしたかのように」

「……っ、俺は――」

黒衣の言葉に、無色は眉根を寄せた。

しかし黒衣は目を伏せると、小さく頭を振ってきた。

「責任を感じる必要はありません。あのとき無色さんが出なければ、生徒たちに被害が出ていた可能性があります。もし彩禍様がいらっしゃったとしても、同じ行動を取られていたでしょう。むしろ、土壇場《どたんば》で第四顕現を成功させたことを誇ってください」

「ですよね。さすが彩禍さんのボディ」

「不思議なものですね。素直になられると少しは気にしろと思ってしまいます」

黒衣が半眼でため息を吐く。無色はううむと腕組みをした。

「……でも、まずいですよね。もし本当に今回の事件が、襲撃犯の仕業だとしたら……」

「はい。彩禍様の生存が相手方に知られたことが確定してしまいました。——とはいえ、いつまでも隠しきれることではありません。遅かれ早かれ露見していたでしょう」

それに、と黒衣が続けてくる。

「敵に彩禍様の生存が知られたからこそ打てる手、というのも存在します」

「打てる手、ですか」

「はい。それは——」

無色が問うと、黒衣は簡潔に、その手段を説明してきた。

「……なるほど。でもそれって、結構危険なんじゃ」

「否定はできません。ですが成功すれば、襲撃者の正体を特定できるかもしれません。やる価値は十分にあります」

黒衣はそう言うと、踵《かかと》でカッと音を立てて身体《からだ》の向きを変えた。

「わたしはもう一度、練武場に残された痕跡を調べてみます。無色さんは授業にお戻りください。今の状態であれば、興奮したからといって存在変換が起こることはないでしょう」

「あ、黒衣——」

無色が呼ぶも、黒衣はそのまま、医療棟の廊下を歩いていってしまった。

「…………」

その場に一人残された無色は、しばしの間呆然《ぼうぜん》と立ち尽くしていたが、いつまでもこうしていても仕方がないと判断し、診療エリアの方へと歩いていった。

と──

「──無色ッ！」

「うわっ⁉」

そこに足を踏み入れた瞬間、前方から何者かに飛びかかられ、尻餅をついてしまう。

「いてて……な、何だ？」

「無色──ああ、よかった。無事だったのね……！」

無色が顔をしかめながら言うと、無色に馬乗りになった少女──瑠璃が、安堵《あんど》するように息を吐いた。

まるで全力疾走していたかのように息を切らしており、身に纏《まと》った運動着もじっとりと湿っている。心なしか、目尻に涙が滲んでいるようにも見えた。

「瑠璃……？」

「あんまり心配かけないでちょうだい。姿が見えないからどうなったのかと──」

と、そこで瑠璃は言葉を止めた。自分と無色が、周囲にいた生徒や医療スタッフからの視線を集めまくっていることに気づいたようだ。

「……ちょっと、こっち来て」

瑠璃はその場に立ち上がり、ぶっきらぼうな調子でそう言うと、無色の手を引いてきた。

そしてそのまま医療棟を出て、建物の裏手に回ったところで、ようやくその手を離す。

「あの状況でよく生きてたわね。てっきり死んだものかと思ってたわ」

そして不機嫌そうに腕組みしてそう言ってくる。無色はキョトンと目を丸くした。

「あれ？　なんかさっきまでと感じ違わない？　あんなに心配してくれてたのに……」

「何のことよ。別に心配なんてしてないわよ」

瑠璃はとぼけるように言うと、キッと視線を鋭くしながら続けてきた。

「──それより、これでわかったでしょう？〈庭園〉の魔術師がどれほど危険な目に遭うか。どこでここのことを知ったのかわからないけど、あんたには務まらないわ。さっさと荷物まとめて『外』に帰りなさい。それで、ここで起こったことは全部忘れて平和に暮らすこと」

言って、ビシッと指を突きつけてくる。

至極もっともな意見に、無色はぐうとうなりを上げた。

「……ごめん、瑠璃。俺が力不足なのは十分わかってる。でも、そういうわけにはいかないんだ。ちょっと事情があってさ」

「事情……？　何よ、一体」

無色が言うと、瑠璃はさらに不機嫌そうに目を細めた。

無論、合体のことを言うわけにはいかない。

だから無色は、もう一つの理由を口にした。

「その……お兄ちゃん、恋しちゃって」

「は――――」

無色の言葉に。瑠璃は、一瞬ポカンとした表情を作ったのち――

「はぁぁぁぁぁぁぁぁぁぁぁぁぁぁぁぁぁぁぁぁぁぁぁぁ――――ッ!?」

天にまで響くのではないかと思えるほどの絶叫を上げた。

「ど、どどどどういうことよ一体！　こ、この〈庭園〉に好きな人がいるってこと!?　その人といるために魔術師になったってこと!?」

「あ、うん。細部は違うけど、まあ概《おおむ》ねそういう感じ……かな」

「な……っ――」

瑠璃は盛大に眉根を寄せると、なぜか動揺するように目を泳がせた。

「ば……馬鹿じゃないの!?　そんな理由で戦場に身を置こうとするなんて……！」

「ごめん。でも、今の俺には何より大切な理由なんだ」

「────ッ」

無色が言うと、瑠璃は唇を噛《か》んだ。

──まるで、何かを強く自戒するかのように。

しかしすぐに、思い直すように首をブンブンと横に振る。

「や、やっぱり駄目よ。認められないわ。そんなの──」

と、瑠璃が難しげな顔で言葉を続けてこようとしたところで、無色はとあることを思い出し、「あ」と眉を揺らした。

「そうだ、瑠璃。一つお願いがあるんだけど」

「……な、何よ」

「今度の土曜、〈庭園〉の外に行くんだけど、もし暇だったら付き合ってくれない？」

「…………へっ？」

無色の言葉に、瑠璃は一瞬、ポカンとした顔を作った。

が、やがて脳がその言葉の意味を理解したのか、目がくわっと見開かれる。

「な──ななな何言ってるのよ突然。なんで私が……」

「駄目かな。どうしても瑠璃が必要なんだ」

「んな……ッ⁉」

無色が続けると、瑠璃はボンッ！　と顔を真っ赤にした。

「ま、まさか……無色の好きな人って――」

そして、何やらぶつぶつと呟《つぶや》いたのち、身悶《みもだ》えするように身体を捩《よじ》る。

「瑠璃？」

「……か、考えとく……！　……考えるだけだからね！」

ビシッと無色を指さしながらそう叫ぶと、瑠璃は一目散に舗装路を駆けていった。

◇

「――緋純《ひずみ》いいいい――――ッ！」

その日の放課後。瑠璃は絶叫じみた声を上げながら、寮の部屋の扉を開け放った。

先に帰っていたらしい緋純が、ビクッと肩を震わせながら振り向いてくる。

「わっ！　な、何⁉って……瑠璃ちゃんか。事後処理お疲れ様。どうしたの、一体」

「き、きききき緊急事態よ！　に、兄様が！」

「兄様……って、玖珂《くが》くんのこと？」

「そう！　その兄様が！　私を、ででででで、デートに誘ってきたの！」

「デートって……兄妹《きょうだい》で？　いや、一緒にお出かけくらいはするだろうけど……」

「間違いないわ！　『瑠璃のことが好きだから〈庭園〉に来たんだ』って言ってたし！」

「え……ええっ⁉」

瑠璃の言葉に、緋純は驚愕《きょうがく》の表情を作った。

「そ、そうなんだ……兄妹で……へぇー……ど、どう誘われたの……？」

「真っ直《す》ぐな瞳で私を見つめながら『俺には瑠璃が必要なんだ』って言ってきて……何なら壁際《かべぎわ》だったかな……？　うん……壁ドンされてたような気がする……気分的には顎クイされてたも同然だったわ！」

瑠璃が言うと、緋純はほんのりと頬を染めながら、興味深そうに身を乗り出してきた。

「わ、わぁ……玖珂くん見かけによらず大胆なんだ……」

「ど、どうすればいいと思う⁉　私デートなんてしたことないし……！」

「どうすればって、そんなの私に聞かれても……って、ええと、一応確認なんだけど、デートには行くってことでいいんだよね？」

「あたぼうよ！　え、なんで？　兄様が誘ってくれたのに行かない選択肢ある⁉」

「いや、ほら……瑠璃ちゃん、玖珂くんに当たりが強かった気がしたから」

「あれはまあ……いろいろあるのよ！　それはそれ！　これはこれ！」

緋純はぽりぽりと頬をかくと、気を取り直すように質問してきた。

「えっと……日にちはいつなの？」

「今度の土曜！」

「土曜……ってことは休日か。なら制服じゃないよね。まずは着ていく洋服を選んでおいた方がいいんじゃないかな……？」

「なるほど！　さっすが緋純！　耳年増！」

「余計な一言が聞こえた気がするなあ」

何やら緋純が不満げな顔をするが、瑠璃はさして気にせず、クロゼットを開け放った。

そして、中に畳まれていた下着類を丁寧に選定しはじめる。

「上下合わせるのは基本として……やっぱり着慣れた青系がいいかな。それとも大胆に黒……？　いや、こんなこともあろうかと用意しておいたガーターを解禁すべき……!?」

「待って瑠璃ちゃん。話が早い」

「……！　そうよね。ありがとう。テンション上がって先走ってたわ。真の勝負下着はエロ下着じゃなくて白の清楚《せいそ》系よね」

「そうじゃなくて」

「緋純はいつも私をクールにさせてくれるわ。私、本当に感謝してるのよ。あなたという親友に出会えたことに――」

「この流れで感謝される親友の身にもなって？」

緋純は頬に汗を垂らすと、渋面を作りながら続けてきた。

「なんでいきなり下着からなの……？　まずは外側からじゃ……っていうか、見られる可能性あるの……？」

「そりゃあ……だって兄様だし……妹に目がないはずだし……」

「と、倒錯的ぃ……」

緋純は顔を真っ赤にしながら口元を覆った。が、すぐに思い直すようにブンブンと首を横に振ってくる。

「いい？　瑠璃ちゃん。それが瑠璃ちゃんの選択なら、私は応援するよ。でも、勢いに流されちゃ駄目。くれぐれも自分を大切にしてね……？」

「うん……わかった。結婚式の引き出物はプリント皿とかじゃなくてカタログギフトにするね……」

「だから話が早いってば！」

緋純が、たまらずといった調子で声を上げた。

◇

そして、次の土曜日。朝九時三〇分。

「――いざ」

騎士・不夜城《ふやじょう》瑠璃は、その身を可愛《かわい》らしい勝負服《ワンピース》で鎧《よろ》い、〈庭園〉から出陣した。

手続きを済ませ、正門を抜ける。ふと後方を見ると、先ほどまで見えていた巨大な学舎や様々な付帯施設が、普通の学校のそれに変貌していることがわかった。

無論、本当に建物が変形したわけではない。認識阻害の魔術により、『外』からは〈庭園〉の内部を正確には認識できなくなっているのである。

瑠璃は前方に視線を戻すと、心を落ち着けるように細く息を吐き、道を歩いていった。

目指すは、無色との待ち合わせ場所である駅前の広場。ここから歩けば一五分ほどで到着するだろう。待ち合わせ時刻は一〇時ちょうどのため、余裕は十分あるはずだ。

だというのに、意識して歩調を抑えなければ、自然と早歩きになってしまいそうだった。

なんなら軽快なスキップくらいしてしまいそうだった。

とはいえそれも無理からぬことではある。

何しろ――今日は無色とのデートなのだから。

「………」

だが、瑠璃は鉄の自制心でその浮ついた気持ちを抑え込んだ。

はしゃぎすぎはよくない。そんな様子を無色に見られては、舐《な》められてしまうだろう。

そう。それはそれ。これはこれ。デートの誘いを受けこそしたものの、瑠璃は未《いま》だ無色を〈庭園〉から追い出すつもりだったのである。

だから、今日は常にクールでなければならない。如何《いか》に楽しかろうと、それを表に出してはならない。瑠璃は深く心に刻み込んだ。

だが。

「……っ」

そんなことを考えながら歩くこと一五分。待ち合わせ場所に無色の姿を見つけた瞬間、瑠璃の心臓はそれまでの戒めを忘れたようにトクンと高鳴ってしまった。

と、そんな瑠璃に気づいたのか、無色が顔を向けてくる。

「──瑠璃」

「………！」

名を呼ばれ、微《かす》かに肩を揺らしてしまう。

が、瑠璃は平静を装《よそお》うと、不機嫌そうにあごを上げた。

「何よ。何か文句ある？　来てあげただけでも感謝してほしいんだけど？」

するると無色は、驚いたように目を見開きながら、瑠璃の全身を見回してきた。

「すごく綺麗《きれい》だ。びっくりしたよ」

「…………ッ⁉」

予想外のジャブに、瑠璃は思わず頬を赤く染め、ビクンと身を捩ってしまった。

が、すぐに、スパァン！　と自分の頬を叩《たた》いて真顔に戻る。

「る、瑠璃？」

「気にしないで。蚊よ。それより今日は――」

と。瑠璃はそう言いかけたところで言葉を止めると、目をぱちぱちと瞬《しばたた》かせた。

理由は単純。無色の後方にもう一人、見覚えのある人影があったのである。

――彩禍の侍従・烏丸《からすま》黒衣だ。

「おはようございます」

そう言って、私服姿の黒衣が、ぺこりとお辞儀をしてくる。瑠璃はそれに応ずるように小さく会釈《えしゃく》をした。

「ん？　ああ、うん。おはよう」

そして、数秒後。

「──って、ちょっと待てぇぇぇぇぇぇぇぇぇぇぇぇぇぇっ！」

瑠璃は、喉を潰さんばかりの絶叫を上げた。


「わっ、ど、どうしたの、瑠璃」

突然叫びを上げた瑠璃に、無色は思わず身を反らした。

「それはこっちの台詞《せりふ》なんだけど⁉　なんで黒衣がここにいるの⁉」

「なんでって……一緒に出かけるからだけど」

「はぁ……っ⁉」

無色が言うと、瑠璃はさらにくわっと目を見開いた。

そして両手を戦慄《わなな》かせながら、何やらブツブツと呟き始める。

「……何？　どういうこと……？　一緒に……って、三人でデートするってこと？　まさか、『好きな人』って私じゃなくて黒衣の方だったってこと？　もしそうだとしたらなんで私誘ったわけ……？　黒衣とのイチャイチャを見せつける気……⁉　い、いやいやいや、クールになれ不夜城瑠璃。魔術師は狼狽《うろた》えない……あらゆる可能性を考慮しろ……」

瑠璃が額に手を置きながら、真剣な眼差《まなざ》しで思案を巡らせ始める。

彼女が何を言っているのかはよくわからなかったが、どうやら黒衣がいることに驚いているらしいことだけはなんとなくわかった。

とはいえ、それはそれで意味がわからない。黒衣がいなければ、今日の調査はそもそも不可能なのだ。

無色は数日前──滅亡因子の襲撃があったあと、黒衣と交わした会話を思い起こした。

(──敵に彩禍様の生存が知られたからこそ打てる手、というのも存在します)

(打てる手、ですか)

(はい。それは──園外調査です。今までは敵が彩禍様の生存に気づいていない可能性も否定できなかったため、〈庭園〉外に姿を晒《さら》すことを避けていました。ですが、それが露見しているのならば話は別です。直接、彩禍様が襲撃された場所に赴き、魔力の痕跡を調べましょう。無論、可能ならば護衛に騎士が欲しいところですが──)

と、その後黒衣と別れてすぐ瑠璃と遭遇したため、無色は早速応援を要請したわけである。黒衣も珍しく、その迅速な行動を評価してくれた。

が、瑠璃の反応を見た黒衣は、「ふむ……」と何やらあごに手を当てていた。

そしてその後、何を思ったのか、すす……と無色に身を寄せてくる。

「──無色さんがどうしてもと言うので許可しましたが、どうやら瑠璃さんはご不満のようですね。ならば仕方ありません。二人っきりで出かけるとしましょう。二人っきりで」

「えっ？」

「な……ッ⁉」

二人っきり、と強調するような黒衣の言葉に、瑠璃がくわっと目を見開く。

「な、なんでそうなるのよ！　別にそうは言ってないじゃない！」

「いえ、無理はなさらないでください。心配しなくてもダーリン──無色さんは、わたしがエスコートして差し上げます」

「ダーリン⁉　今ダーリンて言いかけた⁉」

瑠璃は愕然《がくぜん》とした様子で叫びを上げると、やがてわしわしと髪を掻《か》き毟《むし》ったのち、「ちょわー！」と無色と黒衣を引き離した。

「……ああ、ああ、もう。わかったわよ！　いやよくわかんないけど！　行けばいいんでしょ、行けば！」

そして半ば自棄《やけ》のような調子でそう言ってくる。

よくわからないが、どうやら納得してもらえたらしい。無色はホッと安堵《あんど》の息を吐いた。

「よかった。瑠璃が一緒に来てくれなかったらどうしようかと思った」

「んぐぇっふげっふ！」

無色が微笑《ほほえ》みながら言うと、瑠璃が大きく咳《せ》き込んだ。

と、そんな瑠璃の様子を見てか、黒衣が小さな声を発してくる。

「──どうやら上手《うま》くいったようですね」

「黒衣。……なんであんなことを？」

彼女に合わせるように小声で問うと、黒衣は小さくうなずきながら返してきた。

「察するに、少し勘違いがあったようでしたので。あのままだと怒って帰られてしまう可能性があると思い、少し煽《あお》らせていただきました」

「ああ、なるほど……」

「それと」

「はい？」

「騎士不夜城の反応がちょっと面白かったので」

「…………」

なんだかそれが主な理由のようにも思われたが……無色は気のせいと思うことにした。

と、二人がひそひそとそんな会話をしていると、少し落ち着きを取り戻したらしい瑠璃が視線を向けてきた。

「……で、今日はどこへ行くの？　映画？　水族館？　それとも思い切って遊園地？」

「え？」

瑠璃の言葉に、無色はキョトンと返した。

すると瑠璃が、不服そうに唇を尖《とが》らせてくる。

「は？　まさか、そっちから誘っておいて何も決めてないの？　仕方ないわね……」

「や、そうじゃなくて。今日はそんなところ行かないよ？　他に行くべきところがあるし」

「行くべきところ……」

瑠璃は無色の言葉を反芻《はんすう》するように口にすると、何かに思い当たったかのように、顔を赤くしながら息を詰まらせた。

「い、いきなり何言ってるのよ！　黒衣だっているのよ⁉」

「？　うん。黒衣にもいてもらわないとね」

「……！　織り込み済み……だと……？　えっ、まさか黒衣同伴の理由って、見てもらうため……⁉　それとも私に見せつけるため……⁉」

瑠璃が何やら困惑するように汗を滲《にじ》ませる。

無色は首を傾《かし》げながら、瑠璃に手を差し出した。

「何してるの？　行くよ？」

「え？　あ、う、うん――」

瑠璃は躊躇《ためら》いがちにうなずくと、自然に無色の手を取りかけ――ハッと肩を揺らした。

そこで、無色も気づく。つい昔の癖で、手を繋《つな》ごうとしてしまっていたことに。

「あ、ごめん。もう瑠璃も高校生だもんね」

「……！　べ、別に⁉　無色が繋ぎたいっていうなら止めはしないけど⁉」

「いや、無理にとは――」

「無色が！　どーしても！　繋ぎたいっていうなら！　止めはしないけど‼」

瑠璃が、一言ずつ強調するように言ってくる。

無色が頭に疑問符を浮かべていると、黒衣が自然な調子で反対側――無色の左手を取り、歩いていこうとした。

「さあ、行きましょう」

「あ、はい」

「ちょっと待てぇぇぇぇぇぇぇ――いッ！」

無色と黒衣が歩き出そうとしたところで、瑠璃がまたも叫びを上げる。

「何……黒衣、あなた……何⁉」

「何と言われましても」

黒衣が至極落ち着いた調子で返す。

その冷静な反応に、瑠璃は「ぐぬ……」と悔しげに歯噛《はが》みすると、やがて覚悟を決めたように、無色の右手を握ってきた。

「……い、行くわよ」

「え？　あ……うん」

顔を真っ赤に染めながら、瑠璃が言ってくる。

無色は、なぜか左手を黒衣に、右手を瑠璃に取られたまま、道を歩き始めたのだった。

──駅前広場を抜け、大通りを進んでいく。

文字通り両手に花状態の無色は、妙に通行人の注目を集めてしまっていたが、今はそれよりも、久方振りに『外』の世界に戻ってきたのだという感慨の方が大きかった。

見慣れた風景。どこか懐《なつ》かしい街並み。時間にすれば数日程度のことかもしれなかったが、なんだか随分と長い時間が経《た》っている気がした。思わず空を仰ぎ、すうっと深呼吸をする。郷愁にも似た不思議な感覚が肺腑《はいふ》を満たした。

「──あ」

と、そのまましばらく歩いたところで、瑠璃が何かを見つけたように声を上げる。

彼女の視線の先を見やると、そこにクレープの販売車が停《と》まっていることがわかった。

「仕方ないわね！　そこまで言うなら食べてあげるわ！」

「いや、何も言ってないけど……食べたいの？」

瑠璃の突然の宣言に苦笑すると、瑠璃はぷくうと頬を膨らせながら視線を寄越してきた。

「……デート《こういうとき》は食べるものなんじゃないの？」

「……え？　調査《こういうとき》はあんまり食べないんじゃないかなあ」

瑠璃と無色は互いにそう言うと、不思議そうに首を捻《ひね》った。

まあ、とはいえ瑠璃が食べたそうにしているのは確かである。別に断る理由もなかった。

許可を求めるように黒衣に視線を送る。すると黒衣はその意図を察したように目を伏せながら首肯してきた。

「じゃあ、せっかくだから買っていこうか」

「ホント!?」

無色が言うと、瑠璃がパァッと顔を輝かせ——すぐにハッとした様子で不機嫌そうな表情になった。

「ま、まあ……別にいいけど？　どうせ無色は〈庭園〉から出ていくわけだし、餞別《せんべつ》というか、最後の晩餐《ばんさん》的な？」

何やら瑠璃が、思い出したように付け加えてくる。無色はたらりと汗を垂らした。

「どうした の急に……それより二人とも、味は何にする？」

「……じゃあ、ストロベリー&クリーム」

「わたしはバナナ&チョコを」

瑠璃と黒衣が店頭に出されていたメニューを見ながら言ってくる。

無色もまたそれに視線をやり、少し考えたのち、声を発した。

「うーん、俺もストロベリー&クリームにしようかな」

「──っし！」

無色のチョイスに、瑠璃がグッとガッツポーズを取る。そののち、何やら勝ち誇ったようにふふんと黒衣を見た。

「やっぱりー？　何年も会ってなかったとはいえ兄妹《きょうだい》だしー？　好みが似ちゃうのかなー？　まあこればっかりは仕方ないわねー？」

「…………」

黒衣は特に反応も返さず、表情も変わらないままだったが……なぜだろうか、ほんの少しだけイラッとしているように見えなくもなかった。

「え、ええと……じゃあ、注文するよ？」

店員に注文を伝え、品物を購入したのち、近くにあったベンチに腰を下ろす。

ちなみに、さすがにクレープを持っているためもう手は繋いでいなかったが、並びは無色を挟んで右に瑠璃、左に黒衣のままだった。

「じゃあ、いただきます。はむ……っ」

たっぷりのイチゴと生クリームが包まれたクレープを、一口頬張る。クリーミーな甘さと爽やかな酸味が口の中に広がった。

「ん……クレープなんて随分食べてなかったけど、結構美味《おい》しいね」

「うん。美味しい。兄様と一緒だからより美味しい」

「え？」

「早く魔術師辞めて〈庭園〉から出ていけって言ったのよ」

「えっ、そんなこと言ってたっけ？」

と、瑠璃の言葉に無色が困惑していると、左手側でバナナ&チョコのクレープを頬張っていた黒衣が顔を向けてきた。

「ふむ。そちらの味も少し気になりますね。無色さん、一口交換しましょう」

「あ、はい。どうぞ」

無色は小さくうなずくと、黒衣の方にクレープを差し出した。

すると同じように、黒衣もまた自分のクレープを差し出してくる。

無色と黒衣は、互いのクレープを同時に「はむっ」と食べた。

「う、うわああああああああああああああぁぁぁぁぁぁぁ――――ッ⁉」

するとそれを見て、瑠璃がホラー漫画のキャラのような顔をしながら絶叫を上げた。

「うわ、驚いた。急にどうしたの瑠璃」

「いやそれはこっちの台詞《せりふ》なんだけど⁉　ナチュラルに何してんの⁉　そんなんもう……もうほとんどアレじゃん！」

言って、瑠璃が顔を真っ赤に染めながら無色と黒衣に指を突きつけてくる。

そこでようやく、無色は「あ」と目を丸くした。

「そっか。言われてみれば……」

「はあ。ですが今更間接キスくらいで騒がれましても」

「今更⁉　今更って何⁉」

平然とした黒衣の言葉に、瑠璃が目を白黒させる。

すると黒衣は、小さく息を吐きながら続けた。

「瑠璃さんは湖に飛び込んだあと、霧雨《きりさめ》を気にされますか？」

「意味深な比喩表現やめてくれる⁉」

瑠璃はひとしきり叫びを上げると、ぐぬぬぬぬ……と悔しげに唸《うな》り、クレープを無色に差し出してきた。

「無色、私とも一口交換よ!」

「え?　いいけど……同じ味だよ?」

「は……っ!?」

無色が言うと、瑠璃は愕然《がくぜん》と目を見開いた。

「は、図ったな、黒衣……ッ!」

「人聞きの悪い」

黒衣が不満そうに半眼を作る。

が、瑠璃は気に留めず、手にしたクレープを一気に頬張ると、販売車の方に走っていき、新しいクレープを買ってきた。

そして勢いよくそれを一口齧《かじ》ったのち、無色に差し出してくる。

「トロピカルマンゴー味よ!　これなら文句ないでしょ……!」

「あ、うん……」

少し気圧《けお》されながらも無色がクレープを齧ると、瑠璃もまた無色のクレープを齧る。

「……えへへ」

瑠璃は満足げに微笑《ほほえ》むと、そのまま手にしたクレープをパクパクと食べていった。

少々食べ過ぎな気はしなくもなかったが……その無邪気な笑顔に、どこか懐かしさを覚える無色だった。

「………………」

◇

——そうして無色たちは、真っ直《す》ぐ歩けば三〇分程度の道程を、たっぷり三時間はかけて堪能《たんのう》したのち、ようやく目的地付近の公園へと辿《たど》りついた。

なぜか道中、商店街でウィンドウショッピングに興じたり、ゲームセンターに寄ってプリントシールを撮ったりしたことを除けば、概《おおむ》ね順調な道のりだったと言えるだろう。

「……黒衣。俺が妙な世界に迷い込む前に歩いてたのは、この近くの路地です」

三人並んで公園のベンチに腰掛けながら、自動販売機で買ったアイスティーを飲んでいた無色は、瑠璃に聞こえないようひそめた声で、ぼそりと黒衣に耳打ちした。

すると黒衣は了承したように小さくうなずくと、やがてすっくと立ち上がった。

「瑠璃さん。少しお手洗いに行ってきます」

「ああ、うん。じゃあここで待ってる」

「はい」

と、黒衣がちらと無色の方を見てくる。

無色はその意図を察すると、黒衣に倣《なら》ってベンチから立ち上がった。

「あ、じゃあ俺も行ってくる」

「え、無色も？　お茶飲みすぎたんじゃない？　大丈夫？　魔術師辞める？」

瑠璃が首を傾《かし》げながら言ってくる。もはや退園勧告が定型文か語尾のようになっていた。

無色は苦笑しながら手をヒラヒラと振ると、黒衣とともに公園のトイレの方へと歩いていき——物陰にさしかかったところで公園を出た。

そして、少し足早になりながら、目的の場所へと向かう。

「——瑠璃から離れちゃって大丈夫ですかね？」

「やや危険ではありますが、調査現場を見られるわけにもいかない以上仕方がありません。手早く済ませて戻りましょう」

無色の言葉に、黒衣が応えてくる。無色はこくりとうなずきながら、道を駆けていった。

そしてほどなくして、見覚えのある路地へとさしかかる。

「——この辺りですね」

黒衣が足を止め、辺りを見回しながら言う。無色は驚いたように目を丸くした。

「なんでわかるんですか？」

「なんとなくです」

無色の問いに、黒衣が当然の如《ごと》く言ってくる。

学校と自宅の、ちょうど中間辺りに位置する場所。確かにあの日無色が、都市迷宮に迷い込む直前に見ていた景色だ。繁華街から少し離れているからか人通りもなく、風が木々の枝葉を揺らす音がやけに大きく聞こえた。

一見する限りでは何の変哲もない路地であるが……もしかしたら、無色にはわからない判別法があるのかもしれなかった。

「…………」

黒衣は周囲を注意深く眺め回すと、その場にゆっくりと膝を折り、指先で地面を撫《な》でた。

「――詳しく調べてみましょう。無色さん、手を貸してください」

「はい。一体何をすればいいんですか？」

無色が言うと、黒衣はすっくと立ち上がり、ずんずんと歩みを進めてきた。そしてそのまま、無色を塀に追い詰めてくる。

「ええと……黒衣、これは」

「お察しの通りです。――彩禍様に存在変換ののち、周囲に魔力を散布してください。それを触媒に、この場に残された同形波長の残滓《ざんし》を掬《すく》い上げます。そうすれば、同時に展開されていた第四顕現の痕跡を辿れるはずです」

「いや、でもやっぱりこんな往来じゃ……それに、瑠璃を待たせてますし、一度彩禍さんの身体《からだ》になったらまた戻るのが大変なんじゃ」

「大丈夫でしょう。無色さんわりとチョロいですし」

「ひどい」

「四の五の言わず唇を寄越してください。女の子にしてあげます」

「誤解を生む表現――んぅっ」

言葉の途中でぐいと襟首を引っ張られ、強引にキスをされる。

瞬間、身体が熱くなったかと思うと、全身が淡く輝き――無色は、彩禍の姿へと変身していた。それに合わせて、霊糸で編まれた衣服もまた、女性用のものへと変貌を遂げる。

「――極彩《ごくさい》の魔女・久遠崎《くおざき》彩禍、今宵《こよい》も現世に降臨せり」

「なんですかその微妙に恥ずかしい名乗りは」

「いやなんかこういうのあった方がいいかなって」

「いりません。――それより、さっそく始めましょう。道の真ん中に立ってください」

「はい。でも、ええと……魔力の散布ってどうすればいいんでしょう」

「以前申し上げました通り、無色さんは彩禍様の魔力を完全には制御できておらず、常に少しずつ放出している状態にあります。ただ立っておられるだけで十分です。むしろ、余計なことをしようとしないでください。先日の教室のようなことになる恐れがあります」

「ふむ」

無色は短く返事をすると、指示された場所に颯爽《さっそう》と歩いていき、モデルのようにビシッとポーズを決めた。

「普通でいいです」

「え、でも」

「いいです」

ぴしゃりと言われ、無色はしょんぼりと肩を落とした。格好いいと思ったのだが。

「では、始めます」

黒衣は片手を前に掲げると、すうっと息を吸い、その名を唱えた。

「──第一顕現、【審問の目】」

すると、黒衣の首元に首輪のように界紋《かいもん》が広がり、同時に、その目に光が灯《とも》る。

「……！　黒衣、それは」

「対象の組成、構造を解析する魔術です。これでも〈庭園〉の魔術師ですので」

黒衣はそう言うと、ぼんやりと光る目で、無色を中心にした景色を舐《な》めていった。

「ふんふん、ふふふんふん——♪」

公園のベンチに腰掛けた瑠璃は、お茶入りのペットボトルを軽く振りながら、楽しげに鼻歌を歌っていた。

しかしそれも当然だ。何しろ今は、無色とのデートの真っ最中であったのだから。

無色と出かけるのは一体何年ぶりだろうか。それこそ、小学生の頃以来のことかもしれなかった。

別に今日も、大したことをしているわけではない。ただ商店街を見て歩いたり、買い食いをしたりしているだけだ。

だが、そこに無色という要素が加わるだけで、それがたまらなく楽しいものに思えてしまうのである。それこそ、無色に誘われてから今日に至るまでの数日、楽しみすぎて寝付きが悪かったくらいだ。

「……はっ、いや待て。落ち着け、落ち着け……」

と、瑠璃は小さく首を横に振って、自分に言い聞かせるように呟《つぶや》いた。

確かに無色とのデートは楽しい。だがだからといって、無色が〈庭園〉にいることを許容するわけにはいかなかったのである。あまり浮かれすぎていては、無色も瑠璃の言葉を真剣に受け取らなくなってしまうかもしれなかった。

瑠璃は自戒するように頰を軽く叩《たた》くと、公園の真ん中に立った時計に目をやった。

「あれ？　兄様と黒衣、随分遅いな……」

そして、ぽつりと呟く。

無論、トイレにかかる時間を詮索するのはマナー違反だ。普段は瑠璃もそんなことを気にはしない。

だが『二人揃《そろ》って』という点が、妙に気にかかってならなかった。

「……っ、まさか……」

瞬間、瑠璃の脳裏を嫌な想像が掠《かす》める。

──瑠璃の元を離れ、トイレへと向かった無色と黒衣。しかしその姿が瑠璃の視界から消えた瞬間、黒衣がペロリと唇を舐め、淫蕩《いんとう》な笑みを浮かべる──

(じゃあ黒衣、またあとで)

(ふふふ……何を言っているのですか無色さん。ようやく二人きりになれたというのに)

(わっ!?　な、何をするんですか黒衣！　すぐ近くに瑠璃がいるのに……！)

(だからいいのではないですか。瑠璃さんとのイチャイチャを見せつけられて、いつまで

も辛抱できるわたしではありません。さあ、真の快楽を教えてあげます）

（う、ウワーッ！　助けて瑠璃ーっ！　瑠璃ーっ——瑠璃ーっ——（エコー））

「——おのれ黒衣、私の兄様に何を……ッ！」

瑠璃はくわっと目を見開くと、ペットボトルを握り潰し、凄《すさ》まじい勢いで地を蹴った。

「…………」

——第一顕現を展開してから、およそ三分。

黒衣は難しげに眉根を寄せると、前方に掲げていた手を下ろした。

それに合わせるようにして、黒衣の首に生じていた界紋が消え去る。

「何かわかりましたか、黒衣」

「……ええ。彩禍様の魔力残滓は確認できました。やはり事件現場はここで間違いないようです。極小の世界を形作る第四顕現とはいえ、必ず実界に起点は存在しますので」

無色の問いに、黒衣が答えてくる。

だが、その口調と表情は、お世辞にも明快なものとは言えなかった。

「——ですが、他の魔力は観測できません。もちろん、世界に偏在する微弱なマナは確認できますが、第四顕現を使用したと思えるほどの痕跡は……」

「それは……犯人が自分の痕跡を消したってことでしょうか。それとも、そもそも第四顕現ではなかったとか……？」

無色が言うと、黒衣はあごを撫でながら返してきた。

「考えられるとすれば前者……でしょうか。状況から察するに後者とは考えづらいです。しかし、第四顕現を形作るほどの魔力を使用しておきながら、その痕跡をまったく観測できないほどに消し去ることなど……。それに——一つ気になることが」

「気になること？」

「はい。——彩禍様の魔力残滓が、妙に濃いのです。それこそ——彩禍様が第四顕現を展開させていたとしか思えないほどに」

「……ええと、それはつまり、彩禍さんが敵に対抗するために第四顕現を使ったが敗れ、そのあとで敵が自分の痕跡を消した——？」

「それはあり得ません」

無色の言葉に、それまで歯切れが悪かった黒衣が、きっぱりと首を横に振った。

「彩禍様が第四顕現を展開させていたなら、負けるはずがありません」

「それは……そうですね」

アンヴィエットとの戦い。そして滅亡因子襲撃の際のことを思い出し、無色は汗を滲《にじ》ませた。

「でも……それならこれは一体」

「……そうですね。可能性があるとすれば――」

と、その瞬間である。

「――無色ぃぃぃぃぃッ！　黒衣ぇぇぇぇぇぇぇ――――ッ！」

後方――公園の方から、凄まじい足音とともに、そんな叫び声が聞こえてきたのは。

「この声は……瑠璃？」

「…………ッ⁉　魔女様⁉」

無色が振り返ったときには、既に瑠璃はすぐ後方までやってきていた。無色――彩禍の姿に驚いたのか、踵《かかと》でキキッと急ブレーキをかけ、その場に停止する。彼女の足下にはうっすらとブレーキ痕が生じ、微《かす》かに煙が上がっていた。

「このような場所でお会いできるとは、光栄の極みです！　一体今日はいかがなされましたか、魔女様！」

瑠璃がビシッと礼をしてくる。無色は曖昧に微笑《ほほえ》みながら答えた。

「あ、ああ――少し気分転換に散歩をね。そういう瑠璃は何をしているんだい？」

無色が言うと、瑠璃は何かを思い出したようにハッと肩を揺らした。

「そうだった……！　魔女様、この辺りで兄様と黒衣を見ませんでしたか!?　って……あ、兄様じゃわからないか……えっと、黒衣に襲われそうな男の子です！　こう、母性本能をくすぐるというか、辛抱たまらなくなるような感じの！」

「え？　ああ……ええと？」

どうやら二人を探しに来たらしい。無色はどう答えたものかと、ちらと黒衣の方を見た。

が、つい先ほどまで黒衣がいた場所には、誰も立っていなかった。その代わり、そこから少し離れた塀の陰に、黒衣の姿が確認できる。どうやら、いち早く瑠璃の来訪に気づき、身を隠したらしい。

迅速な判断だ。確かに、無色とトイレに行ったはずの黒衣が彩禍といたら、ややこしいことになってしまうだろう。

「……、……………」

黒衣が、無言でジェスチャーを試みてくる。何となくだが、『誤魔化してください』と言っているような気がした。

「黒衣なら、先ほど見たよ。ええと……確か、公園のトイレが混んでいたから、近くのコンビニに行くと言っていたような……？」

「……！　ほ、本当ですか⁉」

無色が適当に言うと、瑠璃は安堵《あんど》したように大きく息を吐いた。

「なんだ……考えすぎか……私てっきり……」

「てっきり？」

「あ、い、いえ！　なんでもありません！」

瑠璃が頬を赤くしながらブンブンと首を振る。

無色は再度、黒衣の方をちらと見た。するとまたも、大仰に身振り手振りをしてくる。今度は『あとで合流するので時間を稼いでください』と言っているような気がした。どうやら、まだ調べたいことがあるようだ。

「ええと——瑠璃、もしよかったら、少しの間話し相手になってはくれないかな？」

「えっ⁉　い、いいんですか⁉」

「ああ。少し歩き疲れてしまってね。休憩しようと思っていたんだ。何、君の用事の邪魔はしないさ」

「そんな、邪魔だなんて滅相もない！　で、ではこちらへどうぞ！」

瑠璃が恐縮した様子で、公園の方を示す。無色はそのあとを追って、ゆっくりとした足取りで歩いていった。

「少々お待ちを――」

公園に到着したのち、瑠璃はそう言うと、木陰のベンチにふぁさ……とハンカチを敷いた。

「どうぞ」

「あ、ああ。ありがとう」

少々やり過ぎな気がしなくもなかったが、せっかくのもてなしを無下にするのも気が咎《とが》めた。言葉に甘え、そこに腰掛ける。

が、無色がベンチに座っても、瑠璃はその隣に直立したままだった。

彼女の意図を察した無色は、柔和《にゅうわ》な笑みを浮かべながら彩禍っぽく言った。

「ふふ、瑠璃も座っておくれ。これでは落ち着かないよ」

「……！　は、では失礼して……」

瑠璃が恐縮したような様子で、無色の隣に腰掛ける。座ったあとも、背筋はピシッと伸びたままだった。

よほど彩禍のことを敬愛しているのだろう。その様子に微笑ましいものを感じて、思わず頬を緩めてしまう。

「魔女様……？」

「ああ、いや。何でもないよ。――それより、今日はどうしたんだい？　黒衣たちと一緒にお出かけとは珍しいね？」

無論、無色は事情を把握している。だが、彩禍として会話を円滑に進めるにはまず状況を確認しておいた方がよいだろう。そう判断して、その問いを発する。

すると、瑠璃は何やら頰を染めながらぽりぽりと頭をかいた。

「や――……実は今日は……ふっ、へへっ……兄様とデートでして……」

「えっ？」

照れるように言った瑠璃に、無色は思わず目を丸くしてしまった。

「どうしました？」

「あ、いや」

瑠璃が不思議そうに首を傾《かし》げてくる。無色は誤魔化すように頭を振った。

どうも朝から会話が嚙《か》み合わないと思っていたが、そんな食い違いがあったとは。

「その――なんだ、瑠璃が楽しそうだった理由がわかったよ」

「えっ？　そんな顔に出てました⁉　まずいまずい……」

瑠璃はそう言うと、両手で自分の頰をぐにぐにとこね始めた。まるで、緩んだ表情を作り直そうとするかのように。

「？　何がまずいんだい？　楽しいのなら、別にいいじゃあないか」

「いえ、駄目なんです。楽しいは楽しいんですけど……兄様にそれを悟られるのはよくないといいますか」

「……？　どういうことだい？」

無色が問うと、瑠璃は難しげな顔をしながら答えてきた。

「ええと……魔女様がお休みされているときに、うちのクラスに二人編入生が来たんですけど……一人が黒衣で、もう一人が玖珂無色──もともと『外』にいた私の兄だったんです。一体どこで〈庭園〉のことを知ったのかはわからないんですが……」

「ああ──そうだったのかい」

編入生の存在を学園長が知らないというのも不自然ではあるし、侍従である黒衣と無色が話しているところはばっちり目撃されてしまっている。まったくの初耳とはしない方がいいだろう。無色はボロが出ないよう曖昧に返した。

「それで……その、〈庭園〉の長《おさ》であられる魔女様には申し上げづらいのですが……私、兄には魔術師になって欲しくなくてですね……」

「…………ふむ」

それは知っている。無色は腕組みしながら唸《うな》るように言った。

「瑠璃は……お兄さんのことが嫌いなのかな？」

「まさか！」

無色の言葉に、瑠璃は思わずといった調子で大声を上げた。

が、すぐにハッとした表情を作り、肩をすぼめる。

「し、失礼しました……」

「いや、構わないよ。それより――よければ理由を聞かせてはもらえないかな？」

無色が言うと、瑠璃はしばしの間思い悩むような顔をしていたものの、やがて観念したように話し始めた。

「単純な理由です。世界を滅ぼしうる存在――滅亡因子の被害は常に甚大《じんだい》です。比較的小規模な災害級でさえ、短時間で数千人規模の死者を出すことも珍しくありません。可逆討滅期間のうちに滅亡因子を討伐することができれば、その被害は『なかったこと』になりますが……その存在を観測することができる魔術師となってしまったなら、受けた傷や怪《け》我《が》、後遺症――そして死を、覆《くつがえ》すことはできません。

……魔女様に偽りは申せません。恥を承知で申し上げます。

私は、兄様を傷つけたくないのです。兄様を失いたくないのです。

何しろ私は――兄様を守るために魔術師になったのですから」

「──────」

瑠璃の告白に、無色は、しばしの間声を失ってしまった。

瑠璃が、強い決意をその双眸《そうぼう》に込めながら、続ける。

「──〈庭園〉に入学できている時点で、滅亡因子の観測はできてしまっているでしょう。ですが、今ならばまだ間に合うはずです。魔力遮断と記憶処理を施せば、まだ外界の人間に戻れるはずです。私を追って〈庭園〉に来てくれたのは嬉《うれ》しくはあるのですが……」

言って、何やら熱っぽく拳を握る。

少しひっかかる発言があった気もしたが……まあ気のせいだろう。

「無論、本人の意志を無視してそれらの処理ができないことは百も承知です。しかし、私が必ず認めさせてみせます。その際は是非ご承認いただけますようお願い申し上げます」

そして、真っ直《す》ぐに無色の目を見てくる。

「…………」

無色はごくりと息を呑《の》んだ。瑠璃の気迫のようなものに気圧《けお》されてしまったのかもしれなかった。

だが、今の無色の言葉は彩禍の言葉となる。そのようなことを軽々に承諾するわけにはいかない。

無色は考えを巡らせたのち――吐息とともに言葉を零《こぼ》した。

「……先ほどのは失言だったようだ。瑠璃、君は――お兄さんが、大好きなんだね」

「――はい！　それはもう！」

無色が言うと、瑠璃は先ほどとは打って変わって、弾《はじ》けるような笑顔でそう答えてきた。

「瑠璃」

「はっ、なんでしょう！」

「ちょっと抱きしめてもいいかな？」

「もちろんです――って、ふえっ⁉」

瑠璃が顔を真っ赤に染め、あわあわと焦《あせ》り出す。

あまりに瑠璃が愛おしいものだから思わず言ってしまったが、今の無色は彩禍ボディ。さすがに刺激が強すぎたようだ。手をひらひらと振って「すまないね」と言う。

「気にしないでくれ。少し感極まってしまったようだ」

「い、いえ……」

瑠璃はホッとしたような、でも少し残念そうな顔をしたのち、ハッと肩を震わせて、辺りに視線を向け始めた。

「瑠璃？　どうかしたかな？」

「あ……いえ、そろそろあの二人が戻ってくる頃かなって。――魔女様。今の話、絶対無色には言わないでくださいね？　こんなの知ったら、絶対〈庭園〉を出なくなるんで」

「……、ああ、言わないさ。……言いはしない」

「お願いします。あ、黒衣にもですよ。なぜかあの二人仲いいみたいなんで――」

と、言葉の途中で、瑠璃が何かを思い出したように眉を揺らした。

「――あ。黒衣といえば、魔女様。前から気になってたんですけど」

「ん、なんだい？」

「あの子、一体いつ雇ったんです？」

「――――、え？」

瑠璃の言葉に。

無色は、思わず息を詰まらせた。

「どういうことだい？　いつ雇った……？」

「はい。だって、侍従なんて、今までいませんでしたよね？」

「……!?　なんだって――？」

その言葉が彩禍らしからぬ反応であることは理解できていた。けれど、無色は数瞬の間、己を取り繕うことができなかった。それが支離滅裂な問いになってしまうことを自覚しながらも、続ける。

「ちょっと待ってくれ。黒衣は、前からあの屋敷《やしき》にいたんじゃあ……」

「……？　そうだったんですか？　それは失礼しました。魔女様のお屋敷には何度もお邪魔していますけど、一度も見たことがなかったもので」

「………………」

そんな瑠璃の言葉を聞きながら、無色は心臓の鼓動が段々と速くなっていくのを感じた。

瑠璃の生真面目で凝り性な性格はよく知っているし、彼女がどれだけ彩禍に心酔しているかも、この数日で痛いほどに理解できていた。

だからこそ、無色の脳裏に、とある考えがよぎってしまったのだ。

――この瑠璃が、彩禍の生活全般を補佐する、唯一の侍従の存在を知らなかったなどということが、果たして本当にあり得るのだろうか――と。

純粋な瑠璃の見落とし？

彩禍が黒衣の存在を隠していた？

それとも――

無色は頭の中で幾つもの可能性を巡らせ、やがて微《かす》かに震える声で、一つの問いを発するに至った。

「……瑠璃。君が黒衣のことを始めて知ったのは、一体いつのことだい？」

無色が問うと、瑠璃は記憶を探るように人差し指で小さく円を描きながら返してきた。

「ええと、私が初めて会ったのは——ほら、前の定例会のときですよ。魔女様が、あの子を会議室に連れてきたじゃないですか」

「——」

その答えに、再び言葉を失う。

定例会。その日のことはよく覚えている。

何しろそれは——無色が彩禍と融合し、〈庭園〉で目を覚ました日のことだったのだ。

——あの日まで、黒衣は瑠璃に存在を観測されていなかった。

つまり、黒衣が屋敷に来たのは、彩禍と無色が襲撃を受けた直後だった……？

もしもそれが本当だとするならば。

当然の如《ごと》く彩禍の屋敷にいて、
当然の如く無色の事情を把握し、
当然の如く無色に行動の指針を示してきた彼女は——

一体、何者だというのだろうか。

「まさか」

無色は、胃に冷たいものが広がるような感覚を覚えながら、呻《うめ》くような声を発した。

その先を口にすれば、きっと今までと同じ場所には戻れなくなる。それを自覚しながらも、抑えることができない。無色の舌は、半ば無意識のうちに、その最悪の可能性を紡《つむ》ごうとしていた。

「黒衣、君は――」

――が、まさにその瞬間である。

まるで無色の言葉を切って落とすかのように――

二人を包む周囲の景色が、様変わりした。

「な……!?」

「――!」

麗《うら》らかな昼下がりの公園に、じわりと闇が染《し》み入るかのような違和感。

その闇は一瞬にして辺りを包み込むと、地面から巨大な建造物を幾棟も出現させた。

――果ての知れない都市迷宮。鉄と石で構成された灰色の世界。

そう。それは紛れもなく、あの日無色が迷い込んだ空間であった。

「――ッ！　第四顕現……!?　まさか、一体誰が――」

瑠璃は一瞬息を詰まらせたが――即座に戦士の顔に変貌する。

恐らく、気づいたのだろう。数日前の定例会で話された内容を。――彩禍を襲撃した謎の魔術師の存在を。

「【燐煌刃《りんこうじん》】――！」

そしてその名を唱えると、彼女の頭部に瑠璃色の界紋が二つ輝き、その手に光の薙刀《なぎなた》が現れた。――第二顕現。〈物質〉の位階。

瑠璃が油断なく薙刀を構えると、まるでそれに誘《いざな》われるかのように、摩天楼の合間から人型の影が幾つも這《は》い出てきた。

それを見て、瑠璃が微かに眉をひそめる。

「……滅亡因子四一四号：『レイス』――第四顕現の中に滅亡因子が……？」

しかし、影たちは答えない。視線の読み取れない貌を瑠璃と無色に向けると、一斉に飛びかかってきた。

「――――はぁッ！」

瑠璃はすうっと息を吸い、裂帛《れっぱく》の気合いとともに光の刃《やいば》を振り抜いた。

瑠璃の動作に合わせ、光の刃が糸のように細く、長く伸びる。

そしてその光の糸は意思を持つかのように辺りを縦横に走り回ると、周囲に犇《ひし》めいていた影たちの身体《からだ》を容易《たやす》く切り裂いていった。

断末魔の声さえもなく、影たちが空気にかき消える。

しかし、影たちを屠《ほふ》ってなお、灰色の迷宮は無色と瑠璃をその腹に抱いたままだった。

「ち――〈庭園〉の外だからといって、舐《な》めてくれますね」

瑠璃は小さく舌打ちすると、摩天楼の奥にまで届けるかのように、声を張り上げた。

「――出てきなさい。この領域の主。第四顕現にまで至った術師が、こんな吝《けち》な攻撃しかできないということはないでしょう。一体何が目的です。ここにおわすお方をどなたか知っての狼藉《ろうぜき》ですか？」

瑠璃の声音が、ビルの壁に幾重にも反響し、山彦《やまびこ》のように辺りに響き渡る。

すると、その呼び声に応えるかの如く――闇の奥から、小さな足音が聞こえてきた。

「――！　瑠璃」

「ええ」

無色が警戒を促すように言うと、瑠璃は小さくうなずき、油断なく薙刀を構えた。

やがて、入り組んだビルの隙間から、一つの人影が歩み出てくる。

全身をローブで覆い、フードを目深《まぶか》に被《かぶ》っているため、容貌や年齢はおろか、性別さえもはっきりしない。

ただ、その頭上に輝く四重の界紋が、彼、あるいは彼女が、この領域の主であることを明確に示していた。刺々《とげとげ》しい形の紋様が連なったその様は、鍔《つば》の広い帽子のように見えなくもない。

「ようやく姿を現しましたね。〈庭園〉騎士の名の下に、あなたを拘束しま――」

と。

薙刀の切っ先を向けながら言葉を述べていた瑠璃が、不意に息を詰まらせる。

「――瑠璃？」

不思議に思って瑠璃の方を見やり、無色は思わず眉根を寄せた。

それはそうだ。何しろ、今の今まで冷静に敵を見据えていた瑠璃の表情が、途方もない狼狽《ろうばい》と困惑の色に染まっていたのだから。

顔中から汗が噴き出し、唇が微かに震えている。この上ないほど見開かれた目は小刻みに揺れ動き、焦点が合っていないようにさえ見えた。

「あなた――は――」

瑠璃の喉から、掠《かす》れた声が漏れる。

その言葉は。その声は。

――まるで、相対する者が何者であるかに気づいてしまったかのような調子だった。

「……瑠璃！」

「…………」

無色が声を張り上げ瑠璃の名を呼ぶと、それに合わせるかのように、魔術師が片手を前方に掲げた。ローブの袖から、細く美しい指が覗《のぞ》く。

そして、魔術師がその指をパチンと鳴らした瞬間。

「――ッ⁉」

瑠璃の手にしていた光の刃が大きく膨れ上がったかと思うと、無数の針と化して、瑠璃の手を、足を、胸を、貫いた。

「え――」

自分に何が起こったのかさえわかっていない様子で、瑠璃が声を漏らし、全身から噴き出す血に溺れるように地面に沈んでいく。

一瞬。

まさに、一瞬の出来事であった。

「瑠璃――っ！」

無色は悲鳴じみた声を上げると、血塗《ちまみ》れで横たわった瑠璃のもとに駆け寄った。一拍遅れて彼女の頭部から界紋がかき消え、その手に握られていた薙刀が光と消える。

辛《かろ》うじて息はあるようだったが、重態なのは一目瞭然であった。全身に生じた無数の傷から、止めどなく血が溢《あふ》れている。特に、胸を貫いた光の針は、何らかの重要な臓器を傷つけている恐れがあった。一刻も早く治療しなければ命に関わるだろう。いや、もしかしたら、治療を施したとしても──

「……っ、──」

血を分けた妹の痛ましい姿に、無色は心臓が引き絞られるかのような感覚を覚えた。

身を焦がすような怒りと怨嗟《えんさ》を込めて、前方に立つ魔術師を睨《にら》み付ける。

「おまえ……ッ！」

彩禍を襲い、無色に致命傷を負わせ、そして今また無色の大切な妹を傷つけた、許されざる怨敵。

──倒さねばならない。今、ここで。

でなければ、瑠璃も、無色も、彩禍も、死ぬことになる。

無理は百も承知。無色は覚悟を決めると、その場に立ち上がり、魔術師に向かって両手を掲げた。

「──ふ」

と。

そんな無色の様子を見てか、魔術師が小さく息を漏らし、踵《きびす》を返す。

まるで、今日の目的は達したとでも言うかのように。

あるいは——無色など、相手にするまでもないと言うかのように。

「待——」

待て、と言おうとして、無色は言葉を止めた。

確かにあの魔術師を許すことはできない。——だが、その呼び声にもしも魔術師が足を止めてしまったなら、瑠璃は一体どうなる？

勝算もないのに、いっときの激情で瑠璃の命を危険に晒《さら》すことなどできはしない。無色は拳を握り、唇を噛《か》み締めながら、去りゆく魔術師の背を睨み付けた。

——やがて、魔術師が闇の中に消え、無色たちを包んでいた迷宮の景色が崩れていく。

昼下がりの、のどかな公園の風景が戻ってくる。

しかしその光景は、先ほどまでのそれと、明らかに異なっていた。

「——あああ————ッ——」

妹の血に塗れた両手を握り締めながら。

無色は、慟哭《どうこく》とも憤怒《ふんぬ》とも取れぬ声を、響かせた。

第五章　魔女

その日の夜。〈庭園〉中央学舎最上階に位置する学園長室で、無色《むしき》はエルルカから、瑠《る》璃《り》の容態について報告を受けていた。

「……以上じゃ。出血は多いものの、幸い命に別状はない。――無論、処置が遅ければどうなっていたかはわからぬがの」

手にしたカルテを軽く叩《たた》きながら、エルルカが報告を終える。

学園長室最奥《さいおう》のテーブルでそれを聞いていた無色は、小さく安堵《あんど》の息を吐いた。

襲撃を受けたあと、すぐに〈庭園〉と連絡を取り、瑠璃を医療棟に緊急搬送してもらった無色であるが、学園長が深刻な顔をしていたら皆が不安がるからと、ずっとここで待機させられていたのである。正直、報告を聞くまで、気が気ではなかった。

とはいえ、いつまでも安堵していられるような状況ではない。無色は奥歯を嚙《か》みしめると、険しい表情を作った。

そんな無色の様子を感じ取ったのだろう。エルルカが腕組みしながら尋ねてくる。

「……一体何があったというのじゃ、彩禍《さいか》。瑠璃がここまでの深手を負うなどとは」

「…………」

しかし、無色は答えなかった。

答えることが、できなかった。

するとやがてエルルカが、やれやれと息を吐いてくる。

「……言えぬ、か。ならばよい。ぬしが意味もなく口を噤《つぐ》むとも思えぬでな」

「……すまない」

「よいと言った。いずれ話せ」

そしてそう言って部屋を出ていこうとする。無色はその背に声を掛けた。

「エルルカ」

「ん？」

「わたしの侍従……黒衣《くろえ》がいるだろう。君は、彼女のことを知っていたかい？」

無色が問うと、エルルカは不審そうに首を捻《ひね》った。

「侍従……あの黒服の女か。この前の定例会で初めて見たが、それがどうかしたか？」

「…………、そうか」

無色は数秒の間無言になったのち、静かにそう言うと、小さく首を振った。

「瑠璃を頼むよ、エルルカ」

「んむ。任せよ」

エルルカがうなずき、学園長室を出ていく。

扉の閉まる音とともに、部屋に静寂が訪れた。

「…………」

無色はゆっくりと立ち上がると、部屋の奥に置かれていた姿見《すがたみ》の前に立ち、そこに浮かび上がる人物の姿を見つめた。

そこには、窓から差し込む月明かりに照らされた、あまりに美しい少女が立っていた。

久遠崎《くおざき》彩禍。世界最強の魔術師であり、この〈庭園〉の長《おさ》。無色が心奪われた初恋の人。

そして今は──無色自身の姿でもある。

無色は彼女に出会い、彼女に身体《からだ》と力を託され、この奇妙な二重生活を送ってきた。

全ては、彩禍を襲った何者かを倒すため。

そして、彩禍の意思を取り戻すため。

今までその目的を忘れたことはなかったし、疎《おろそ》かにしてきたつもりもなかった。自分に出来うることは全てやってきたつもりだった。

だが、その結果がこれだ。

最初から、無謀であることはわかっていた。無茶であることは理解できていた。

けれど、頭の片隅にほんの少しだけ、楽観があったのだろう。日に日にこの手に備わっていく『魔術』という未知の力の実感に、高揚感が全くなかったかと言われれば嘘《うそ》になる。

久遠崎彩禍という最愛で最強の少女の身体ならば、きっとこの窮地を打ち破ることができるに違いないという、根拠のない自信がどこかにあったのだ。

無色は今、途方もない無力感と自己嫌悪《けんお》に苛《さいな》まれていた。

何のことはない。無色には決定的に足りていなかったのだ。

──彩禍の仇《かたき》を絶対に殺すという、妄執じみた復讐《ふくしゅう》心が。

「……ああ……」

だが、今は違う。

初めて『敵』と対面し、瑠璃を傷つけられ、無色の心には覚悟と決意の炎が灯《とも》っていた。

──よくも瑠璃を。俺の可愛《かわい》い妹を。

──よくも彩禍さんを。俺の最愛の人を。

「許さない」

無色は静かに、しかし強く、その言葉を口にした。

そしてその場から足を一歩前に踏み出し、姿見に両手を突く。

「──彩禍さん。すみません。俺はこれから無謀な行いをします」

無色は決意とともにそう言うと──

「あなたの力を、貸してください」

鏡に、そっと口づけた。

◇

学園長室奥の扉を開くと、その先には広大な庭が広がっていた。

縦横に走った舗装路に、手入れの行き届いた花壇や木々。今は時間も遅いため、等間隔に立てられた外灯が、それらをぼんやりと照らしている。

無論ここは中央学舎最上階。扉の先にそんなものあろうはずがない。魔術によって、〈庭園〉内にある特定の扉同士が繋《つな》がっているのだ。

最初は上手《うま》く使い方がわからず、滅茶苦茶《めちゃくちゃ》な場所に飛んでしまっていた無色ではあるが、今となっては慣れたものである。思い描いたとおりの景色が広がっていることを確認してからそこに足を踏み入れ、扉を閉める。

そこは、〈庭園〉北部エリアに位置する、彩禍の屋敷《やしき》の前庭だった。豪壮な邸宅を背にしながら、ゆっくりと歩みを進めていく。

「――」

と、無色が庭の中央辺りまで至ったところで、そこにいた少女が振り返ってきた。

「無色さん。騎士不夜城《ふやじょう》の様子はいかがでしたか?」

言って少女――烏丸《からすま》黒衣が、いつものようにあまり表情を変えずに尋ねてくる。

このような場所に黒衣が一人立っているのも奇妙な話ではあったが、無色はまったく驚かなかった。

それもそのはず。黒衣をここに呼び出したのは、他ならぬ無色自身だったのだから。

そう。無色は黒衣に、どうしても確かめねばならないことがあったのだ。

「……はい。命に別状はないみたいです」

無色は、みぞおちの辺りに軽い痺《しび》れのようなものを覚えつつも、そう返した。

「そうですか。それは何よりです。……しかし、こうも大胆に襲撃を繰り返してくるとは。もう猶予はありません。直接対決は近いでしょう。無色さん、お覚悟を」

黒衣が、淡々とした調子で言ってくる。

無色はそんな様子をジッと見つめたのち、細く息を吐いた。

「…………俺」

「はい?」

黒衣が不思議そうに小首を傾《かし》げてくる。

無色は目を逸《そ》らすことなく、続けた。

「黒衣には感謝してるんです。――『敵』に襲われて、彩禍さんと合体しちゃって、何が何だかわからなくなってた俺を、ずっと助けてくれて。きっと黒衣がいなかったら、俺はもっと色んな問題を起こしてしまっていたと思います」

「お気になさらず。これも彩禍様の侍従としての務めです」

黒衣が、ピンと背筋を伸ばしたまま答えてくる。

その姿はあまりに隙がなく、あまりに侍従らしすぎた。

――まるで、『侍従』という役割を、完璧に演じているかのように。

無色は、ごくりと息を呑《の》んでから、その問いを発した。

「だから、正直に答えてほしいんです。お願いします」

「……？　一体何の話で――」

「――黒衣。あなたは、一体何者なんですか？」

無色が言った瞬間。

黒衣は、ぴたりと言葉を止めた。

感情の読めぬ双眸《そうぼう》で、無色の顔を静かに見つめてくる。

無色は心臓の鼓動が段々と速くなっていくのを感じながらも、焦《あせ》りを見せぬよう、ゆっくりと続けた。

「……彩禍さんには、侍従なんていなかった。黒衣、あなたがこの〈庭園〉に姿を現したのは、俺がここに来たのとほぼ同じ時期だった——

——もう一度聞きます。あなたは一体何者なんだ。一体何が目的で、何も知らない俺に、侍従を名乗ったりしたんだ」

無論それだけの情報で、黒衣を襲撃犯と断ずるつもりはなかったし、無色自身、そう思いたくはなかった。

けれど、黒衣は無色に何かを隠している。それだけは確かだった。

それを問い質《ただ》すように、告げる。

「………………」

無色の言葉に、黒衣はしばしの間黙っていた。

だが、やがて、その喉から微《かす》かな吐息が漏れ聞こえてきたかと思うと——

「——なぁんだ。気づいてしまったのかい？」

ニィ、と唇を歪《ゆが》め、凄絶な笑みを浮かべてきた。

「…………ッ！」

今までの黒衣からは考えられない表情と口調に、ぞわり、と全身が総毛立つ。

別に、姿形が変貌したわけでもなければ、背から怪物が現れたわけでもない。ただ、表情と喋《しゃべ》り方が変わっただけ。

それなのに、無色は、目の前にいた少女が、一瞬にして別人になってしまったかのような錯覚に陥った。

「おまえは──誰だ……!?」

無色は全身を緊張させると、構えを取るように腰を低く落とした。

するとそれを見てか、黒衣が面白がるように笑う。

「うん、悪くない反応だ。まあ、まだ及第点にはほど遠いが──ねッ！」

次の瞬間、言葉の途中で黒衣の身体がブレたかと思うと、目の前にその姿が現れていた。

「な──」

瞬間移動──否《いな》、単純に地面を蹴って無色に肉薄したのだろう。ただ、そのスピードと身のこなしに、無色が対応できなかっただけだ。

慌てて魔術を発動させようとするも、遅い。既に黒衣は、無色が掲げた手の内側にまで接近していた。

その勢いのまま体当たりを食らわされ、黒衣にのしかかられるような格好で後方へと突き飛ばされる。

「ぐ……っ！」

硬い舗装路に尻餅をつく。無色は慌てて顔を上げた。

しかし、そこで疑問が生じる。——不意打ちを浴びたというのに、無色の身体にダメージが少な過ぎたのである。

確かに体当たりはされたし、打ち付けた臀部《でんぶ》は鈍く痛む。だが逆に言えば、それくらいだ。もしも黒衣が、敵意を持って攻撃を試みていたならば、こんなものでは——

——と。

「…………っ⁉」

無色の思考はそこで中断させられた。

黒衣の背後——一瞬前まで無色が立っていた場所目がけて——

巨大な尖塔《せんとう》が、真っ逆さまに空から落ちてきたのである。

「は——、え……っ⁉」

尖塔が地面に突き刺さり、弾《はじ》けた砕片や衝撃波が辺りに撒《ま》き散らされる。無色は、自分の身体《からだ》に覆い被《かぶ》さった黒衣の肩越しに、その現実感のない光景を眺めていた。

「……やれやれ……なんとも派手好きなことだ」

黒衣が息を吐きながら、背後——逆さまにそそり立った尖塔の方をちらと振り返る。

すると、まるでその動作に合わせるかのように、前庭の中央に聳《そび》えていた逆しまの尖塔が、光とともに消え去った。一瞬無色の視界を、目映《まばゆ》い輝きが覆い尽くす。

そして、その光が収まる頃にはもう——無色と黒衣を包む世界の景色は、それまでとは異なるものに変化していた。

「これは——」

無数の摩天楼によって形作られた、無機的な都市迷宮。

みたび目にしたその光景に、無色は息を詰まらせた。

「どういうことです。黒衣は敵だったんじゃあ——」

「——は。それはそれで……意外性があって面白かったかもしれないがね」

言いながら、黒衣が薄く笑う。だがその表情は、言葉とは裏腹に青ざめていた。

そこで、気づく。黒衣の背が、大量の血で濡《ぬ》れていることに。

そう。黒衣はただ無色を突き飛ばしただけではなかった。空より飛来する物体を見越し、その身体で以《もっ》て無色を守ってくれたのだ。

「……！　黒衣、血が――」

「……下手を打ってしまったね。……それより、気をつけるんだ。おいでなさったよ。……わたしたちにとって、最悪の……死神が……」

そんな言葉を最後に、黒衣の身体からがくりと力が抜け落ちる。

どうやら気を失ってしまったらしい。まだ息はあるが、出血が激しい。一刻も早く処置をせねばなるまい。

だが、それが不可能であることはすぐに知れた。

黒衣の言葉に呼応するかの如《ごと》く、闇の中からじわりと染《し》み出すように、人影が現れたのである。

全身を覆ったローブ。口元を僅か覗《のぞ》かせるだけのフード。

そんな、自分の存在を観測されることを嫌がるかのような装《よそお》いの中、四枚の界紋《かいもん》だけが、その頭上に燦然《さんぜん》と輝いている。

「……っ」

間違いない。彩禍に致命傷を負わせ、無色の胸を貫き、そして今日、瑠璃を襲った、憎き魔術師の姿である。

「あ――ああああああああああああぁぁぁッ！」

無色はその姿を認めるが早いか、前方に掲げた右手を握りしめた。

無色の頭上に、界紋が輝く。魔女の帽子の鍔《つば》に当たる、天使の輪のような一画。

第一顕現。己の世界から現象のみを抽出して発現させる、顕現術式の一。

数日前の授業ではろくに扱えなかったそれが、今は至極自然に発動していた。

無色の周囲に、幾つもの光球が生じる。

そして無色が手を思い切り振り払うような動作をすると、それらの光球は魔術師目がけて凄《すさ》まじいスピードで飛んでいった。

「────」

が──無数の光球は魔術師に着弾しようとした瞬間、まるでその身体を避けるように軌道を変え、後方に逸れていった。

魔術師の背後で、無色の魔力弾が花火のように弾ける。

「な……」

目の前で起こった現象に、無色は目を見開いた。

それはそうだ。避けられたのでも防がれたのでもなく、攻撃が無色の意志に反してその軌道を変えたのである。──まるで、魔術師に危害を加えることを拒絶するかのように。

無色が不可解な現象に呆然《ぼうぜん》としていると、魔術師は、フードの裾から僅か覗く口元を、笑みの形にしてきた。

「──無駄だよ。この空間の中で、わたしに勝る者などいはしない」

「──、え──？」

無色は、思わず息を詰まらせた。

理由は至極明快なものである。

魔術師の声に、聞き覚えがあったからだ。

だがそれは、絶対にあり得ない出来事でもあった。無色は困惑に眉根を寄せながら、対する相手をまじまじと見つめる。

すると魔術師は、そんな無色の反応を面白がるように微かに肩を揺らすと、おもむろに自分の顔を覆い隠すフードを取り去った。

その動作に合わせて、フードの中に収められていた長い髪が露《あら》わになり、四枚の界紋に照らされてキラキラと輝く。

「────」

明らかになったその貌を見て。

無色は、今度こそ完全に身体の動きを停止させられた。

それはそうだ。何しろそこにいたのは──

「彩禍……さん？」

——無色と同じ貌をした、久遠崎彩禍その人であったのだから。

「やあ、『わたし』。久しぶり……というのも奇妙な表現かな。まさか、あの状態から生き延びるとはね。我ながら大した生命力だ」

気安い調子で、魔術師——彩禍がヒラヒラと手を振ってくる。

「な……」

無色は目の前で起こっていることが信じられず、半ば無意識のうちに自分の顔に触れていた。指先で、その形を確かめるかのように。

「これは……一体、何が——」

「はは、何を驚いているんだい？　ふむ……しかし、『彩禍さん』と来たか。いくら信じがたいこととはいえ、少々他人行儀が過ぎるのではないかな？　——ああ、いや——」

彩禍は興味深そうに目を細めながら、無色の身体を矯《た》めつ眇《すが》めつ眺め回してきた。

「もしかして——『君』は『わたし』ではないのかな？」

「…………！」

彩禍の言葉に、無色はハッと肩を震わせた。

それを見てか、彩禍がくつくつと笑う。

「図星か。どうも奇妙な反応が多いと思ったが——なるほど、腑《ふ》に落ちたよ。大方、融合術式で他者の命と己の命を合体させて生き延びた、というところか。いやはや、我ながら実に生き汚い。あの場で潔《いさぎよ》く果てていればよかったものを」

言って、彩禍が肩をすくめる。

厳密に言うのならば、今の無色と彼女の姿が、完全に同一だったわけではない。

身に着けている衣服は言うに及ばず、髪は緩やかに結われており、頭上に浮かぶ界紋も、少し刺々《とげとげ》しい形をしていた。その極彩の双眸《そうぼう》の下にはうっすらと隈《くま》が浮かび、どことなく、疲弊や憔悴《しょうすい》の色が滲《にじ》んでいるかのような様子が見て取れる。

けれど、それらを差し引いてなお、その姿は、その様は、その佇《たたず》まいは——間違いなく、久遠崎彩禍のものだった。

「あなたは……彩禍さん……なんですか？」

「ああ。その通りさ。ええと、君は——」

「……玖珂《くが》無色です」

「無色。災難だったね。その『わたし』に代わって謝罪しよう。大変なことに巻き込んでしまったようだ」

「……どういうことです？　彩禍さんは双子だったとでもいうんですか？　それとも、何らかの魔術で彩禍さんの姿を模倣したコピー……？」

「はは、想像力が豊かだね。確かに魔術であれば、他者の姿を精巧に写し取ることも不可能ではないだろう。だが——わたしの術式を第四顕現まで再現できる者がいるとしたなら、それはもはや、神とでも呼ばれる存在だろうね」

彩禍は笑いながら言うと、親指を自分の胸に突きつけた。

「わたしは紛れもなく久遠崎彩禍さ。——ただ、君が今いるこの時代より、ほんの少しだけ未来の存在ではあるけれどね」

「は——」

その突拍子もない言葉に、無色はポカンとした表情を作った。

「未来の……彩禍さん……？」

信じがたい情報。突然の告白。

予想を超えた事態に、無色の思考は一瞬停滞してしまいそうになった。

だが、すぐに思い直す。

〈庭園〉で目を覚ましたまさにその日、黒衣に言われたことを思い出したのである。

（——星を砕く兵器を創造し得る知恵の実、考え得る限りの天変地異を同時に発生させる霊脈異常、あらゆるものを喰《く》らい尽くす金色の蝗《いなご》の群れ、絶大な感染力と致死率を誇る死神の病、歴史を捻じ曲げんがために時を越えて来訪する未来よりの使者、存在するだけで地上を業火《ごうか》で覆い尽くす焔《ほのお》の巨人——

この世界を崩壊させ得る可能性を持った存在を総称して、わたしたちは『滅亡因子』と呼んでいます）

そうだ。無色は既に耳にしていたのだ。

——この世界には、未来から人が来訪したことがあると。

今回の事例も、そんな滅亡因子の一つなのだろう。

ただし——その未来人が、一体『誰』なのかという違いはあったけれど。

何のことはない。蓋を開けてみれば至極単純な話だった。

世界最強の魔術師たる久遠崎彩禍を殺せるのは、世界最強の魔術師のみであったのだ。

だが、それでもわからないことがある。無色は険しい表情を作りながら唇を開いた。

「……なんで、未来の彩禍さんが、彩禍さんを？」

そう。彼女の言《げん》が全て正しかったとして——なぜ自分自身を殺しに来るのかは、まったく理解できなかったのである。

無色の問いに、彩禍は小さくうなずいてから答えた。

「わたしの目的はひとつだけ。昔から何も変わっていない。

——世界と、そこに生きる人々を、救うためさ」

「……どういうことですか？」

眉間に皺《しわ》を刻みながら返す。

すると彩禍は、静かに目を伏せながら、続けた。

「……遠からぬ未来、わたしの世界は『滅び』を迎える」

「…………!?」

突然の衝撃的な宣告に、無色は息を詰まらせた。

しかし彩禍はさしてそれを気にした様子もなく言葉を紡《つむ》いでいく。

「わたしは世界王として、それを回避せねばならない。その結末を、『なかったこと』にせねばならない。そのための唯一の方法こそが、過去の『わたし』に成り代わって世界の管理権を手に入れ、破滅の芽が生じる前に対策を講じることだった。——無論、過去の『わたし』が死んでもわたしが消えぬよう、因果律を狂わせた上でね」

「世界王……？　世界の管理権……？」

無色がさらに眉根を寄せると、彩禍はさもあらん、というような顔をして肩をすくめた。

「どうやら記憶の共有は成されなかったようだね。気の毒なことだ。——いや、むしろ幸運というべきかな？　この頭の中には、知らない方がよい情報が多すぎる」

彩禍が、自分の側頭部に人差し指を突きつけ、自嘲気味に言う。

無色は困惑に表情を歪《ゆが》めた。

「……ちょっと待ってください。世界が……滅ぶ？　そんな簡単に言われても――」

「世界なんて、君が思っているほど頑丈ではないということさ。そもそも――本当の世界は、とうの昔に滅びているわけだしね」

「…………、は……？」

彩禍の言うことが理解できず、無色は目を点にした。

「何を言って……じゃあ、今俺たちがいるここは何だっていうんですか」

無色は表情を困惑の色に染め、地面に踵《かかと》を打ち付けた。

すると彩禍は、ふっと頰を歪めながら肩をすくめてきた。

「ここ？　ここはわたしの顕現領域の中だろう？」

言って、視界中に広がった、都市迷宮の景色を示すように両手を広げてみせる。

「はぐらかさないでください。そういうことを言ってるんじゃ――」

「いや、そういうことさ。何もはぐらかしてなどいない。むしろ真摯に答えていると思うがね」

「え……？」

無色が疑問符を浮かべると、彩禍は目を伏せて続けてきた。

「第一顕現〈現象〉、第二顕現〈物質〉、第三顕現〈同化〉、第四顕現〈領域〉——現在魔術の主流となっている顕現術式は、その四つの位階に分けられる。そこまではいいね？」

「…………」

彩禍が大仰な仕草で問うてくる。無色は沈黙を答えとし、彩禍を見つめ続けた。

彩禍が無色の意図を受け取ったようにうなずく。

「だが、もしもその先があるとしたら。至高の領域と謳《うた》われる第四顕現を超える力が存在するとしたら——それは一体どのようなものを形作ると思うね？」

「それ、は——」

無色は彩禍を凝視しながら、思考を巡らせた。

第二顕現で物質を形作り、第三顕現でそれを身体《からだ》に纏《まと》わせ、第四顕現に至っては、自分を中心とした一帯に、己の空間を顕現させる。術者の力量によっては、途方もなく広大な範囲まで。

もしもその先などというものが存在するとするのならば、それは——

「——まさか」

無色の言葉と表情に、彩禍が唇を歪める。

「そう。──第五顕現〈世界〉。

何のことはない。君たちが地球と呼んでいるこの大地は、かつて本当の地球が滅んだとき、たった一人の魔術師によって生み出された顕現体に過ぎないということさ」

「────────」

その、あまりに途方もなさ過ぎる情報に、無色は言葉を失った。

「『今』からおよそ五〇〇年前、地球という星は死んでしまった。その際、わたしは第五顕現にて地球そっくりの世界を創り、そこに残っていた人々を退避させたのさ。無論──全てとはいかなかったがね。

言ったろう。『この世界』は、君が思っているよりも、ずっと脆《もろ》く壊れやすいと」

「…………」

無色が無言でいると、彩禍は微《かす》かに唇を歪めた。

「──ふ。言葉もない、といった様子だね。まだ信じられないかい？」

「え？　ああ、いえ」

が、無色は首を横に振った。

「彩禍さんならそれくらいやっていてもおかしくありません。何しろ彩禍さんですし。どちらかというと、彩禍さんの創った世界で生きてきた一七年の人生を思い返して余韻に浸っていたところです。心なしか空気が美味《おい》しい」

無色が言うと、彩禍は一瞬目を丸くしたのち、可笑《おか》しそうに笑い出した。

「ははは、何を言うかと思えば。『わたし』も随分と、おかしな相手を選んだものだ」

そんな彩禍を見つめながら、無色は息を呑《の》むようにこくんと喉を鳴らした。

彩禍の言っていることが全て理解できたわけではない。むしろ未《いま》だ意味のわからないことの方が多いと言っても過言ではないだろう。けれど、彩禍がこの世界の破滅を未然に防ぐために、何らかの手段で未来からやってきた——そのことだけは理解できた。

しかし、それだけにわからないことがある。無色は彩禍の目を見つめながら唇を開いた。

「……でも、それがなぜ、彩禍さんを殺すことに繋《つな》がるんですか？　失敗をやり直したいのなら、過去の自分に助言をすれば、その最悪の未来だって回避できたんじゃ——」

「それはないよ」

無色の言葉を遮るように、諦念に彩《いろど》られた彩禍の声が響く。

「今のわたしの提案を、『わたし』は決して受け入れはしないだろう。——世界を滅びの道から救うためとはいえ、少なからぬ犠牲を強いることになるこの提案を」

「少なからぬ、犠牲——」

「——そうだ。少なく見積もっても、わたしの世界に生きる人々の三割以上は、世界を存続させるための礎《いしずえ》となるだろう」

「……っ」

無色は思わず、言葉を詰まらせた。

「あなたは――何も知らない彩禍さんを殺し、瑠璃や黒衣を傷つけ、あまつさえ何億もの人々を犠牲にするっていうんですか？」

「わたしとて、心苦しさを感じないわけではないよ。だが、それをしなければ、わたしの世界が滅びる。わたしの世界に息づく全ての生命が死に絶えることになる。……ならばどちらかなど、選ぶまでも――」

「いけません」

無色は、彩禍の言葉を遮るようにぴしゃりと言い放った。

「……は？」

「――彩禍さんは、そんなこと言わない」

きっぱりと宣言した無色に、彩禍が呆気《あっけ》にとられたような顔を作る。

「……何を言っているのかな、君は」

「駄目です。そんな選択は彩禍さんらしくありません。――彩禍さんなら、どんな絶望を突きつけられようと、全員を救う道を探すはずです」

無色が言うと、彩禍は不愉快そうに表情を歪めた。

「わたしが、それをしなかったとでも？　あらゆる手段を講じ、あらゆる方策を探り、最後に行き着いた僅かな希望が、この方法だと――」

「それでもです。それでも、彩禍さんはそんなことはしない。――なぜなら、彩禍さんは誰よりも世界を愛しているから」

「――――ッ」

無色の言葉に、彩禍の表情がまたも変化する。

一瞬驚愕《きょうがく》の形に変貌したそれは、やがて不快感を超え――明確な憤怒《ふんぬ》へと姿を変えた。

「……随分と容易《たやす》く言ってくれるね。君に一体何がわかる？」

「容易く言ったつもりはありません。ただ――今のあなたは、彩禍さんらしくない。そう思っただけです」

滅茶苦茶《めちゃくちゃ》なことを言っている自覚はあった。

何しろ、目の前の相手は、今とは違う時代の存在とはいえ、久遠崎《くおざき》彩禍その人。対して無色は、偶然彩禍と合体してしまっただけで、彩禍の人となりをまともに知ってさえいなかったのである。

彩禍の情報は全て、伝え聞いたものや記録映像で見たものに過ぎず、本人との触れ合いは死の寸前に数言葉をかけられたくらいのものだ。

極端なことを言ってしまえば、無色は一目惚《ひとめぼ》れした相手の人格を、理想の中で美化してしまっていたのかもしれない。その上、いざ本人を前にしてこのようなことを宣《のたま》うなど、我ながら危険な思考である。

けれど、無色に迷いはなかった。

その胸の中には、狂気じみた確信があった。

──無色の人生を変えるほどに強く、美しい人が、そのような選択を望むはずがないと。

「は。これはまた異なことを言う。わたしがらしくないというならば、一体誰が久遠崎彩禍に相応《ふさわ》しいというのかね」

恋は盲目。

愛は狂信。

無色はおもむろに右手を前に掲げると、親指を立てて、それを自分の胸に突きつけた。

「──今このとき、この世界では。俺が──いや」

そして、高らかに宣言する。

「わたしが、久遠崎彩禍だ」

「は──」

堂々たる無色の言葉に。

「――ははは、はははははははは――ッ！」

彩禍は、堪《こら》えきれないといった様子で哄笑《こうしょう》を上げた。

「何を言うかと思えば……馬鹿もここまで突き詰めれば光を放つというものだ」

そしてひとしきり笑ったのち、顔に置いた指の合間から、鋭い視線を放ってくる。

「……だが、少々勘違いがあるようだね。別にわたしは、君と問答したいわけでもなければ、君に認められたいわけでもない。

わたしの目的は、この時代の『わたし』から世界王の座を奪うこと。つまり『わたし』と身体を共有している君には――死以外に道がないということだ……！」

彩禍はそう言うと、大仰な仕草で両手を広げた。

その動作に合わせるように、既に彼女の頭上に輝いていた界紋の二画目と三画目が、より強い光を放つ。

「――――！」

無色が目を細める中、彩禍の手に、身体に、光が纏わり付いていく。

やがてその光条は、二つのものを形作っていった。

中心に地球のような球体を抱いた、巨大な魔術師の杖《つえ》。

そして、彼女の全身を覆う、光のドレス。

それらは彩禍の界紋と相まって、彼女の姿を、紛れもない『魔女』へと変貌させた。

極彩《ごくさい》の魔女・久遠崎彩禍の、第二顕現及び第三顕現。

その美しくも凄絶な様に、無色は一瞬目を奪われそうになる。

しかし、そのような余裕などありはしなかった。

「ふ————」

彩禍が、己の身の丈を超えるであろう巨大な杖を掲げ——その先端で地面を叩《たた》く。

するとその瞬間、彩禍と無色を包んでいた都市迷宮の景色が様変わりした。

「な……っ⁉」

——荒れ狂う、嵐の海。

否《いな》、ただの海ではない。まるで水面《みなも》が意思を持った怪物のような形にうねり、その両手で抱き締めるかのように、無色を呑み込んだのである。

無色は一瞬にして水中にその身を攫《さら》われると、無力な木片の如《ごと》く、渦に巻き込まれていった。呼吸さえままならない中、手に、足に、胴に、頭に、滅茶苦茶な方向から凄《すさ》まじい力が加えられ、全身がバラバラにねじ切られそうになる。

「————、————ッ！」

意識が飛びそうになる中、無色はどうにか心を研ぎ澄ますと、第一顕現の光球を足場にするように、海面から飛び出した。

「はぁ……っ、はぁ……っ――」

「ははは、存外器用な真似《まね》をする」

空中に浮遊した彩禍は愉快そうに笑い声を上げると、手にした杖を天に掲げた。

「だが、まさかこれで終《しま》いとは思っていまいね？　わたしの第四顕現は、この世界に存在するありとあらゆる景色を描く。――極彩の魔女の名の所以《ゆえん》、とくとご覧に入れよう」

彩禍がそう言った瞬間、彼女が掲げた杖が目映《まばゆ》い輝きを放ち――周囲に広がっていた荒れ狂う大海が、その姿を変貌させた。

空に煙る噴煙。地に沸き立つ溶岩の野。

無色と彩禍を包んでいた空間が一瞬にして、あまりに巨大な火口へと転じたのである。

「ぐ……!?」

灼熱《しゃくねつ》の空気が肌と粘膜を灼《や》く。まともに目を開けていることさえ困難になり、無色は咳《せ》き込みながら瞼《まぶた》を細めた。

が、彩禍がそんな無色を慮《おもんばか》ってくれるはずもない。狭まった視界の中、溶岩が大きく波打ったかと思うと、そこから、龍のような形を取った炎が現れた。

「な──」

思わず息を詰まらせる。

炎の龍はその身を誇示するように大きくうねると、巨大な顎《あぎと》を限界まで広げ、無色を呑み込まんと迫ってきた。

死の一文字が、無色の脳裏を掠《かす》める。迫る相手は炎の龍。噛《か》み付かれるどころか、その身体《からだ》に触れるだけで焼け死んでしまうだろう。

「──」

だが、そんな絶体絶命の状況の中、無色の思考は、死や痛みへの恐怖とは別のものに支配されていた。

このままでは数秒と待たず、無色の──彩禍の美しい肌が、焼けただれてしまう。否、それどころか、消し炭と化してしまうかもしれない。

世界でもっとも美しい少女の身体が。

神に愛された至高の芸術たる、久遠崎彩禍の身体が、だ。

そんなこと、無色には絶対に許容できなかった。

「これ以上彩禍《わたし》を傷付けることは……許さない──ッ！」

無色は叫びを上げると、炎の龍に向けて右手を掲げた。

根拠はない。だが確信があった。

この身は、相対する敵と同じく、最強の魔術師・久遠崎彩禍。

ならば彼女にできることが――この身体にできない道理はないはずだった。

「ああああああああああああああ――――ッ！」

――炎の龍が、無色の身体を吞《の》み込む。

凄まじい熱が、周囲の空気を蹂躙《じゅうりん》していった。

だが。

「……ほう？」

数瞬のあと。彩禍が、興味深そうに声を発した。

それはそうだろう。何しろ、今し方炎の龍に吞まれたはずの無色が、未《いま》だそこに浮遊していたのだから。

「――やるね。こんな土壇場《どたんば》で、その奇跡に指をかけるとは」

彩禍が目を細める。まるで、無色の姿を改めて睨《ね》め回すかのように。

「……、――――」

極彩色《ごくさいしき》の光に照らされた視界の中、肩を上下させながら息を整える。

先ほどまでは呼吸をするだけでも鼻の粘膜や肺が焼け付きそうだったのだが、今はそれほど、周囲の熱を感じなかった。

それもそのはず。無色の頭上には今、三画の界紋が輝き──その手には巨大な杖が、その身には、見事な光のドレスが顕現していたのである。

そう。久遠崎彩禍の第二顕現及び第三顕現。

目の前の彩禍が纏《まと》っているそれを、無色は鏡写しのように顕現させていたのだ。

「……目の前に、いいお手本があったのでね。参考にさせてもらったよ。わたしを前に、少し手の内を晒《さら》しすぎではないかな？」

無色が彩禍の口調を真似ながら言うと、彩禍はニッと唇の端を上げた。

「面白い。皮を纏っただけの偽物《にせもの》が、どこまでついてこられるかな？」

「ついてこられる？　奇妙な表現だね。まるで君の方が勝っているかのような口ぶりだ」

「ふ──」

彩禍は愉快そうに唇を歪《ゆが》めると、手にした杖を前方に掲げた。

無色もその動作を完璧に真似、杖を掲げる。

無色の頭上に四画目──魔女の帽子の頂点に位置する界紋が展開された。

「万象開闢《ばんしょうかいびゃく》」

「斯《か》くて天地は我が掌《て》の中」

「恭順を誓え」

「君を――」

『――花嫁にしてやる』

二人の声が重なると同時、二人を包んでいた景色が、みたびその姿を変えた。

果ての知れない地平線。砂塵《さじん》舞う広大なる砂漠。

二人の第四顕現が混じり合った、奇妙な景色。

「逆巻け――」

「はぁ……ッ！」

彩禍、そして無色の声に応ずるように風が巻き起こり、地に満ちる砂を巻き上げて、二つの巨大な竜巻を形作っていく。

砂色の渦は蛇の如く激しくのたうつと、二人の間で絡《から》み合い、周囲に砂礫《されき》の散弾を撒《ま》き散らしながら暴威を振るった。

「ふ、大口を叩くだけのことはある。僅かな期間でこうまでわたしの術式を使いこなすとはね！　習得法をご教授願いたいくらいだ！」

彩禍が笑い声を上げ、杖をぐるりと回転させる。

「だが――まさかそれだけでわたしに勝てると思っていたのかい？」

するとそれに呼応するように、二人を包む空間がまたもぐにゃりと歪んでいった。恐らく、また別の領域を顕現させるつもりなのだろう。

「────」

無色は意識を研ぎ澄ますと、彩禍の一挙手一投足、そしてその魔力の流れを見つめた。奇妙な感覚。第三顕現のドレスを纏ってから、彩禍の顕現しようとしている領域の組成が、何となく感じ取れるようになっていたのである。

「第四顕現──」

無色は半ば忘我の淵《ふち》に至りながら、彩禍の動作を鏡映しにするように杖を回転させた。

彩禍、そして無色を起点に、周囲の景色が塗り変わっていく。

──無数の摩天楼で形作られた都市迷宮が、視界を埋め尽くす。

そう。彩禍が次に顕現させたのは、最初に展開させたその風景だったのである。

「──うん。やはりこれが一番手に馴染《なじ》む。原風景というやつかな」

彩禍は満足げにうなずくと、無色に視線を寄越しながら笑みを浮かべた。

「もう少し遊んであげたいところだが──わたしもあまり暇ではないのでね。そろそろ決着を付けよう」

そしてそう言って、とん、と地面を蹴る。

するとまるで重力が反転したかのように、彼女の身体が空へと飛び上がっていった。

「……！　待て――」

彩禍が何をするつもりかはわからなかったが、その行動を放置するわけにはいかなかった。無色もまた地面を蹴り、空に飛び上がる。

果ての見えなかった摩天楼の側面を滑るように上昇し、さらに上へ。

やがて無色は、分厚い雲の層を突き破って、広大なる蒼穹《そうきゅう》へと至った。

「っ、これは――」

そして、そこに広がっていた景色を見て、目を丸くする。

眼下を埋め尽くさんばかりに広がった、剣山の如き摩天楼の群れ。

そしてその遥《はる》か上方には――逆さまになった大都市の風景が、同じようにどこまでも広がっていたのである。

その光景には覚えがあった。――無色が彩禍と合体してすぐ。アンヴィエットに対して使用した第四顕現の景色だ。

巨大な獣の牙を思わせる風景の中、悠然と空を舞った彩禍が、無色に杖を向ける。

「――終いだ」

その声に呼応し、天と地、二つの都市が、無色を噛み潰すかの如《ごと》く迫ってくる。

「く――！」

無色は杖《つえ》を掲げると、魔力を操作し、世界に命じた。

――が。半分は無色の第四顕現で組成されたはずの領域は、何も反応を示さなかった。

彩禍が、不敵に微笑《ほほえ》む。

「終いと言ったはずだよ、無色？」

無色の名を強調するように彩禍が言う。

それはまるで、久遠崎彩禍を名乗った無色への意趣返しのようだった。

「君はよくわたしを模倣した。理由はどうあれその才は賞賛に値する。けれど、裏を返せばそれまでだ。わたしの物真似《ものまね》しかできない分際でわたしに勝とうなどとは、烏滸《おこ》がましいにもほどがある」

「あ――」

喉から漏れる美しい声を聞きながら。

無色の意識は、闇に呑まれていった。

◇

「――あれ？」

いつの間にか。

無色は教室で、椅子に座っていた。

〈庭園〉中央学舎にあるようなそれではない。もっと一般的な、普通の学校の教室だ。

いや、普通——というのは無理があるだろうか。窓の外の景色は真っ白で、何も見取ることができない。何もない世界にぽつねんと、この教室のような空間のみが存在しているかのような様子だった。

「ここは……いや、それより……」

一拍おいて、意識を失う前の記憶が蘇《よみがえ》ってくる。無色は自分の手に視線を落とした。

「そうだ、俺は未来の彩禍さんにやられて……」

が、無色はそこで言葉を止めた。

理由は単純。手が、彩禍のそれではなく、本当の自分のものになっていたからだ。

無論、手だけではない。眼下に見える身体も、指先で感じる顔の形も、無色のものに戻っている。いつの間にか存在変換を起こしてしまっていたということだろうか。

いや、もしかしたら、これが死後の世界というやつなのかもしれなかった。もしもそんなものが存在するとしたならば、死後の無色が取る姿は、彩禍のそれではないだろうから。

「俺は……死んだ……のか？」

半ば無意識のうちに、喉から声が漏れる。

けれど、不思議と悲哀や後悔は湧いてこなかった。どこか他人事《ひとごと》のような冷静さで、自分の声を聞いているかのような感覚。

「……っ」

しかしながら、次の瞬間脳裏を掠《かす》めたもう一つの可能性は、無色の心を強く締め付けた。

無色が死んでしまったということは、彩禍の肉体も死んでしまったということであり

──未来の彩禍に、最悪の選択をさせてしまったということでもあったのだ。

「俺、は……」

己の無力さを嘆くように拳を握り、机に打ち付ける。

が──

「──そう嘆くものじゃないよ。まだ君は終わっていないのだから」

「…………！」

次の瞬間響いた声音に、無色はハッと顔を上げた。

驚愕《きょうがく》に、心臓が収縮する。けれどそれは、いきなり声をかけられたからとか、言葉の

内容に驚いたからといった理由からではなかった。

――その声に、聞き覚えがあったのである。

「あ――」

無色は、目をまん丸に見開きながら、教室の前方を見た。

そこには、左右に広がった黒板と教壇、教卓が見受けられる。

そしてその教卓の上に――一人の少女が、悠然と腰掛けていたのである。

「あなたは――」

その貌を見て。無色は、言葉を失った。

「――わたしでさえ、彼女には敵《かな》わなかった。この世界のどこにも、彼女に勝てる者などいはしないだろう。だが――」

少女が、ゆっくりと手を伸ばしてくる。

「――もう一度言おう。あのとき現れたのが、君で、よかった」

◇

「…………」

久遠崎彩禍は細く息を吐くと、発現していた第四顕現を解除した。

頭上から四画目の界紋が掻《か》き消えると同時、今し方無色を呑《の》み込んだ都市の牙が姿を消し、辺りに夜の前庭の景色が戻ってくる。

しかし、三画目までの界紋は未《いま》だ残したままだ。力の差は歴然とはいえ、仮にも過去の自分の身体《からだ》。その死体を確認するまでは、油断をするわけにはいかないだろう。

だが、それはあくまで念のための措置だ。

確かな手応え。間違いなく、過去の自分と、それと一つになった玖珂無色は死んだ。

世界王を失った世界は、放っておけば崩壊を始めてしまう。その前に、彩禍がその座に着かねばならない。

「……結局、口だけだったね」

彩禍は、どこか失望するようにぽつりと呟《つぶや》いた。

が、すぐに思い直す。――失望とは、期待があったからこそ生じる感情だ。今の自分に相応《ふさわ》しい表現とは思えなかった。

とはいえ、心を刺す痛みがないといえば嘘《うそ》になる。彼もまた、彩禍の愛すべき世界の一部。本来ならば救わねばならなかった人間の一人なのだ。

瑠璃にしてもそうだ。彩禍を敬愛する彼女は常に過去の彩禍の側《そば》にいたため排除せざるを得なかったが、死には至らぬよう治療の猶予を与えた。でなければ、あのとき勝負を付けておいてもよかったのだ。
……いや、今や全てが戯言《たわごと》だ。彩禍は自嘲気味に首を振った。
「……さて――」
と。
彩禍が、第四顕現から解放された過去の自分の死体を探すように辺りに視線を巡らせた
――まさに、その瞬間だった。
「――――」
邸宅の前庭。そこに一陣の風が渦を巻くように吹き抜けたかと思うと。
その中心に、一つの人影が現れたのである。
一瞬、過去の彩禍かとも思ったが――違う。
そこにいたのは、力なく顔を伏せた、一人の少年だった。
色素の薄い髪に、お世辞にも筋骨隆々とは言い難《がた》い手足。他には取り立てて特徴がある
とも思えないシルエットである。
「何……？」
だがそれを見て、彩禍は怪訝《けげん》そうに眉根を寄せた。
それはそうだ。この場にいたのは、彩禍と過去の彩禍、あとは庭の端で気を失った侍従

くらいのものだったのである。

「……いや、これは——」

しかし。彩禍はすぐにその可能性に思い至ると、油断なく少年を見据えた。

「——存在変換。表の身体の『死』をスイッチとして、裏に潜んでいた元の身体が強く発現したというわけか」

「………」

その言葉に反応したのか、ただの偶然か。少年——無色が、ゆらりと顔を上げる。

意識があるのかないのかさえ定《さだ》かでない、どこか虚《うつ》ろな双眸《そうぼう》が、彩禍の顔を撫《な》でた。

しかし彩禍は狼狽《うろた》えず、杖を握る手に力を込める。

そう。無色が生きているということは、過去の彩禍もまた、完全には死んでいないということに他ならない。彩禍の攻撃によって仮死状態にはなっているかもしれなかったが、命を共有する無色が生存している限り、その身体は裏で治癒していくはずだ。

「すまないね。君には何の怨《うら》みもないが、『わたし』を生かしておくわけにはいかない」

言いながら杖を掲げ——彩禍は再び、頭上に四画目の界紋を展開させた。

「——せめてもの手向《たむ》けだ。『わたし』と同じ死を与えよう」

瞬間、彩禍を中心として、世界がその姿を変える。

抜けるような蒼穹《そうきゅう》。そして上空と眼下に広がった、牙の如き摩天楼。

無限の景色を作り出す彩禍の第四顕現の中でも、最も原風景に近い場所の一つ。――歪《ゆが》んだ現代の街並み。

とはいえ、無限の景色の再現など、彩禍にとっては副産物に過ぎなかった。

彩禍の魔術の神髄は――可能性の観測と選択。

運命を操作し、望む未来を引き寄せる力。

この領域の中において、彩禍に勝る者など、存在しようがなかったのである。

「第四顕現――【可能性の世界《ヴォイド・ガーデン》】」

彩禍の声とともに。

巨大な建造物の群れが、獣の顎《あぎと》の如く、無色に迫っていった。

無色は、動かない。否《いな》、動けないといった方が正しいだろうか。ただ静かに、上下から迫る死の体現を受け入れていく。

やがて、牙と牙とが触れあい、無色を完全に磨《す》り潰すかのように重なり合っていった。

が――

「…………っ？」

次の瞬間。彩禍は微《かす》かに眉を揺らした。

噛《か》み合わさった摩天楼の群れ。その中心に細かなヒビが入ったかと思うと、まるで砂の城のように、その堅牢《けんろう》な外壁が崩れていったのである。

「何……？」

このような現象は初めてだった。一瞬何が起きたのかわからず、目を見開く。

すると、その崩壊の中心から――

「――」

傷一つない無色が、ゆらりと姿を現した。

「な……」

それを見て、彩禍は思わず声を詰まらせた。

しかし、それも当然だ。

無色の頭上には今、角か棘《とげ》を思わせる形状をした、透き通る界紋が一画、発現していたのだから。

「――」

――細く、細く。

自分が研ぎ澄まされていくかのような感覚。

――広く、広く。

世界に溶けていくかのような感覚。

彩禍の姿から己の姿へと変貌を遂げた無色は、崩れゆく瓦礫《がれき》の中、ただ真っ直《す》ぐ、未来の彩禍を見据えていた。

それは、何とも不思議な感覚だった。

彩禍の身体で魔術を顕現させたときに感じたような、奇妙な全能感。

とはいえ、今の無色は彩禍の身体ではない。彩禍の魔術が使用できるはずはなかった。

そう。今の無色に使えるものといえば――

無色自身の魔術くらいのものだった。

「ああ――」

無論そんなもの、一度たりとも使ったことはない。

それがどんな形をしているのか。どんな機能を備えているのか。どのような修練の果てに至れるものなのか――その一切が、想像すら付かなかった。

けれど。

嗚呼《ああ》、けれど。

無色には。この初心者魔術師の身体には、あり得るはずのない経験が蓄積していた。

存在するはずのない感覚が、存在していた。

——最強の魔術師。極彩の魔女。

世界王・久遠崎彩禍の誇る最強の魔術を操ったという実感が、その手のひらの中に握られていた。

あとは、それを丁寧になぞるだけ。

たったそれだけで——

それまでこの世に存在していなかったはずの玖珂無色の魔術《オリジナル》が、産声《うぶごえ》を上げたのだ。

「——そうか、君も魔術師か。何とも面妖な術を使う」

空を舞う彩禍が、目を細めながら言ってくる。

「だが、それが何だ？　その脆弱《ぜいじゃく》なる第一顕現で、一体何ができる？」

そんなものは、無色が教えて欲しいくらいだった。今まさに生まれたばかりの無色の術式。それがどんなものなのかは、無色にも未だ完全には把握できていなかったのだから。

だが、彩禍の問いに返す言葉は——きっともう、決まっていた。

「——あなたを、救える」

「…………っ」

真っ直ぐな無色の返答に、彩禍は視線を鋭く歪ませた。

「聞き違いかな？　言うに事欠いて、わたしを——救うだと？」

彩禍がその極彩の双眸に侮蔑と憤怒《ふんぬ》、そして幾ばくかの動揺を滲《にじ》ませながら、無色を見下ろしてくる。

無色はゆっくりとそれを見上げた。

「……彩禍さん。あなたの目的は、『今』の彩禍さんに成り代わることではなく、世界の崩壊を未然に防ぐこと……ですよね？」

「……それが、何だというのかな？」

彩禍の言葉に、無色は、己の胸を親指で指し示した。

「ならその最悪の未来が変わるなら、今の彩禍さんを殺す必要はないということになる」

「舐《な》めるのもいい加減にしろ。わたしでさえ逃れることのできなかった滅びの運命を、如何《いか》にして覆《くつがえ》すというのか！」

「……ええ、そう簡単にはいかないでしょう。でも少なくとも……あなたと今の彩禍さんには、決定的な違いがある」

「……何？」

彩禍が訝《いぶか》しげに問うてくる。無色はその顔を真っ直ぐ見据えながら答えた。

「──無色《おれ》の存在ですよ。俺がきっと、彩禍さんを助けてみせる。あなたがいたから、俺は彩禍さんと出会うことができた。あなたがいたから、運命は変わった。だからこそ──あなたにそんな顔をさせる選択肢は、俺が絶対に選ばせない……！」

「…………ッ！」

無色の言葉に、彩禍は一瞬息を詰まらせ──しかしすぐにその表情を歪めてきた。

「図に乗るなよ。偶然『わたし』の死に際《ぎわ》に立ち会ったに過ぎない凡人風情《ふぜい》が。君は知るまい。天が割れ地が崩れる終末の景色を。君は知るまい。人々の悲鳴に満ちた絶望の光景を。君は知るまい！　愛する者たちが死に絶えていく世界の終焉《しゅうえん》を……ッ！」

そして、今にも泣き出しそうな顔で、悲鳴じみた声を上げる。

「自分が正しいなどと言うつもりはない。この所行を悪逆と誹《そし》ってくれても構わない。だがそれでも──わたしは世界を救うために、君を殺す……！」

彩禍が、射殺《いころ》すような視線で以《もっ》て、無色を睨《ね》め付けてくる。

無色はそれを見返しながら言った。

「――ならば、俺はあなたを救うために、あなたを倒そう」

「戯《ざ》れ言《ごと》を……吐《ぬ》かすなッ！」

彩禍の叫びに呼応し、その背後に、無数の摩天楼や巨大な尖塔《せんとう》が出現する。

そして一斉に無色に先端を向けると、そこから、凄《すさ》まじい魔力砲を放ってきた。

一撃一撃が必殺に至る、極彩の光。

それらが、数えることなど不可能な物量を以て、無色に襲いかかってくる。

けれど無色は、その絶体絶命の状況の中、妙に落ち着いた心地でそれを見つめていた。

「――彩禍さんの身体《からだ》では、彩禍さんの魔術では、あなたには敵《かな》わなかった。

当然だ。何しろあなたこそが、本物の彩禍さんに他ならないんだから」

でも、と光越しに彩禍を見つめながら、続ける。

「俺には一つだけ――絶対にあなたに負けないものがある」

虹色に輝く視界の中、思考が研ぎ澄まされていくような感覚。

もしも今ここで無色が死んだなら、未来の彩禍は己の宣言通り、世界を救うための方策をとることだろう。

それによって多くの命が失われるとわかっていながら。

より多くの人々を救うために、何よりも愛している者たちを切り捨てる。

——そのようなことを彩禍にさせるわけにはいかなかった。

「第二顕現——」

虚《うつ》ろな意識の中、已の喉から漏れる声だけが鮮明。

無色の頭上に、透き通った界紋がもう一画、姿を現した。

「——【零至剣《ホロウ・エッジ》】——」

その声に呼応するように、無色の手の中に魔力が収束し、一振りの剣を形作る。

硝子《ガラス》でできたかのような、透明な剣。

光にかざさねばその実在さえ朧気《おぼろげ》な、儚《はかな》き刃《やいば》。

「あなたに負けないもの——それは——」

しかし、無色には確信があった。

この一振りこそが、最強の魔女に届きうる唯一の牙であると——!

「——彩禍さんへの、愛だ————!」

迫り来る怒濤《どとう》の如《ごと》き殺意に向けて。

無色は、その細い刀身の切っ先を向けた。

「――墜《お》ちろ、我が幻影……ッ！」

杖《つえ》型の第二顕現を振りかざし、彩禍は絶叫を上げた。

その令に従い、光線と呼ぶには膨大すぎる魔力の光が、無色を圧《お》し潰さんと殺到する。

極彩の魔女の魔力を収束させた必滅の砲撃。常人ならば触れただけで骨も残るまい。

第四顕現を展開していなければ、その余波だけで周囲の景色を変貌させてしまう、まさに必殺の一撃であった。

――だが。

「…………っ⁉」

次の瞬間、彩禍は思わず息を詰まらせた。

理由は単純。視界を埋め尽くした光を裂くようにして――

無色が、彩禍に肉薄してきたからだ。

「馬鹿な――」

その右手には、平突きのような形に構えられた透明な剣。

そしてその頭部には、二画に増えた界紋が、水面《みなも》のように波打っている。

一つ一つは角か棘《とげ》のような形状。

けれど二画が連なったそれは、どこか、王冠のように見えた。

「────────」

音もなく。

声もなく。

無色の剣が、するりと彩禍の胸に吸い込まれていく。

彩禍の身体の周りに纏《まと》わり付いた魔力障壁。そして、第三顕現のドレス。

その全てを透過するかのように、何の抵抗もなく、彩禍の身体が刺し貫《つらぬ》かれた。

「あ────」

無意識のうちに、微《かす》かな声が零《こぼ》れる。

痛みはない。胸からは血の一滴さえ流れ出てはいない。

けれどその代わり、手にしていた杖が、身に纏っていたドレスが、そして頭上に輝く界紋が、まるで硝子細工のように粉々に砕け散った。

きらきらという光を残して、彩禍の魔力で形作られた顕現体が、空へと消える。

「────」

その幻想的な光景を見ながら、彩禍は不思議な感慨を覚えていた。

屈辱とも違う。悔恨とも違う。世界を救うことができなかったという絶望とも違う。

──彩禍の魔術の神髄は、可能性の観測と選択。

第四顕現が発動した以上、何人《なんぴと》もその法則から逃れることはできない。

ならば、この結果は。この結末は――

「……………はっ」

彩禍は、そんな笑い声が、己の喉から漏れるのを聞いた。

「――――、……………っ、――――」

極彩に染まる空の中。

ただただ夢中で剣を繰り出した無色は、止まりそうになる呼吸と、途切れそうになる意識を、どうにか繋《つな》ぎ止めていた。

今ここで意識を失うわけにはいかない。今ここで命を失うわけにはいかない。

初めて振るう己自身の魔術。その反動で全身が悲鳴を上げる中、彩禍への想いのみで意識を保つ。

だから、無色がそれに気づいたのは、頭に、柔らかな感触が生じてからだった。

「え――」

――彩禍が、無色の頭を撫《な》でている。

その事実を脳が認識し、無色は思わず顔を上げた。

次の瞬間無色の目に映ったのは――一糸まとわぬ姿で、優しげな笑みを浮かべる彩禍の姿だった。

「――そこまで大口を叩《たた》いたんだ。

『わたし』に、わたしと同じ道を選ばせてくれるなよ？」

彩禍の声がそう言うと同時。

彩禍を起点とするように空に罅《ひび》が入り、視界に広がっていた空間が、崩れていった。

「彩禍さ――」

名を呼ぼうとするも、それ以上声が続かない。

とうに限界を超えていた無色の意識は、闇に沈み込むように薄れていった。

最後に、無色の耳に残ったのは――

「――『わたし』を頼んだよ、無色」

そんな、彩禍の言葉だけだった。

終章　未来《プロポーズ》

次に無色《むしき》が意識を取り戻したとき、目の前に広がっていたのは、無色が〈庭園〉に初めてやってきたときと同じ光景だった。

「――あ――」

広い寝室。天蓋付きの大きなベッド。アンティーク調の家具類。分厚い絨毯《じゅうたん》。そしてそこに線を引く朝日に至るまで、全てがあのときの再現のようである。

間違いない。彩禍《さいか》の寝室だ。一瞬、タイムスリップでもしたのかと思った無色だった。

だが、違う。ベッドの上で身を起こした無色は、決定的な差異に気づいた。

無色の身体は今、彩禍のそれではなく、無色自身の形をしていたのである。

そして、意識がはっきりしていくにつれ、朧気だった記憶が段々と像を結んでいく。

自分の置かれた状況。未来の彩禍との戦い。そして――

「……っ、未来の彩禍さんは――」

と、無色が慌ててベッドから下りようとしたところで。

「――おや、目覚められましたか」

ベッドの右方から、そんな声が響いてきた。

「あ――」

突然のことに目を丸くし、そちらを向く。

するとそこに、椅子に腰掛けた黒衣《くろえ》の姿があることがわかった。

「…………！」

それを見て、無色は目を見開くと、転がり落ちるようにベッドから下りた。凄まじい音を立てながら床へなだれ落ち、強《したた》かに頭をぶつける。

「いてて……」

「そう慌てることもないでしょう。別に逃げはしません」

言って、黒衣が肩をすくめてくる。

「…………」

そんな様子を見ながら、無色は身を起こすと、片膝を立てるような格好で床に跪《ひざまず》いた。

――そう。あたかも、姫に傅《かしず》く騎士のように。

「どうされましたか、随分と改まって。何か心境の変化でも？」

黒衣が、不思議そうに首を傾《かし》げながら問うてくる。

無色は、その姿を見上げるようにしながら、口を開いた。

「──ありがとうございます、彩禍さん」

「…………ほう？」

無色がその名を呼ぶと、黒衣は驚いたように眉を上げた。

確たる証拠はない。けれどそれは、無色の胸に芽生えた確信であった。

「不思議なことを仰《おっしゃ》いますね。なぜそう思うのですか？」

「なぜって言われると困りますけど……強いて言うなら……雰囲気？」

「ふ……はは、ははははっ──」

黒衣は、可笑《おか》しくてたまらないといった様子で笑い出した。

「なるほど、なるほど……なんとも曖昧な理由で見破られてしまったものだ。さすがは無色、といっておこうか」

そしてひとしきり笑ったあと、優しげな微笑《ほほえ》みとともに視線を寄越してくる。

「こういう場合も久しぶり……ということになるのかな？

──改めて。〈空隙の庭園《くうげきていえん》〉学園長、久遠崎《くおざき》彩禍だ。よくやってくれたね、無色」

「はい」

彩禍からの、謝辞。身に余る光栄に、無色は頭を下げた。

だが、すぐにとあることを思い出し、再度顔を上げる。

「そうだ――大丈夫ですか、お怪我《けが》は！」

「心配無用さ。あの身体は今、修復に回している」

無色の言葉に、黒衣――彩禍が手をヒラヒラ振りながら返してくる。その不思議な表現に、無色は小さく首を傾げた。

「あの身体《からだ》……？」

「ああ。厳密に言うと、今の身体と、昨日の身体は別個体になる。――どちらも、実験用の人造人間《ホムンクルス》さ。身体の組成は人間に非常に近いが、魂は宿っていない。要は生体人形のようなものだね。わたしに万一のことがあったときに備えて、魂の退避場所――義骸《ぎがい》として用意していたんだ。まあ、まさかこんなにも早く出番がくるとは思わなかったけれどね」

「人造人間《ホムンクルス》……」

無色が呆然《ぼうぜん》と呟《つぶや》くと、彩禍は「ああ」と首肯した。

「わたしの身体が生きている以上、襲撃者はもう一度わたしを狙ってやってくる。そこでわたしは久遠崎彩禍の侍従を名乗り、そのサポートに徹していたというわけさ。

――すまないね。本当ならもっと早く正体を明かしたかったのだけれど、敵の全容が知れない以上、あまりおおっぴらにするわけにもいかなかったんだ」

「いえ、そんな――」

と、そこで無色はぴくりと肩を揺らした。

――黒衣が、彩禍だった。それは本人の口からも確認が取れた。

そうすると、無色が彩禍と合体して、この〈庭園〉に連れてこられてからの出来事が、全て別の意味を帯びてくるような気がしたのである。

何しろ、あのときも、そしてあのときも――

無色は、ずっと彩禍の身体でありながら、彩禍とともにいたことになるのだから。

「…………」

「どうかしたかい？」

「本当の幸せはすぐ近くにあったんだなって」

「……本当にどうかしたのかい？」

彩禍が眉根を寄せながら首を傾げてくる。

が、考えても詮ないことと思ったのか、おもむろに椅子から立ち上がった。

「――無色。改めて感謝を。君には本当に世話になった。何の冗談でもなく、君がいなければわたしは死んでしまっていただろう。……まさか未来の『わたし』が、わざわざ自分を殺しに時を越えてやってくるなどとは夢にも思わなかったがね」

自嘲気味に肩をすくめながら、彩禍が言ってくる。

その言葉に、無色はハッと顔を上げた。

「そういえば、未来の彩禍さんはどうなったんです？　俺、あのあと気を失って……」

無色が言うと、彩禍は目を伏せた。

「──既に姿はなかった。恐らく、命が尽きたのだろう」

「……⁉　まさか、俺が──」

無色の言葉を遮るように、彩禍が手のひらを広げ、ゆっくりと頭を振る。

「未来で世界が滅びた……と言っていたね。世界王と世界は一心同体。もとより彼女にも限界が近かったのだろう。君のせいではない。間違っても責任などを感じてくれるな」

そして強い口調でそう言ったのち、無色を安心させるように、ふっと頰を綻ばせる。

「一つ確かなのは、君がこうして生きていることこそ、君が勝利した証《あかし》だということだ。──誇りたまえ。様々な条件が重なった上でのこととはいえ、君はわたしを凌駕《りょうが》してみせたんだ」

「……！　そんな、凌駕だなんて。本当に俺、あのときは無我夢中で、何が何だか……」

「はは、無我夢中でやられてしまうようでは、最強の看板は下ろさねばならないかな？」

彩禍が冗談めかした調子で笑う。無色はひたすらに恐縮するように肩をすぼめた。

するとと彩禍はもう一度微笑んだのち、小さく息を吐いた。

「──さて。君はこの世界を救った功労者だ。わたしもそれに報いたい。本来ならば報奨を与え、『外』に戻れるよう取り計らいたいところだ」

だが、と彩禍が続ける。

「残念ながら、そう簡単にはいきそうもない。わたしの身体は未《いま》だ君の身体と融合してしまったままだ。

そして何より、未来の『わたし』は、最悪の置き土産をしていった。──遠からぬ未来、この世界が滅びる、という予言をね。しかも、具体的な情報は何一つないときた。

勝手な話で申し訳ないが、君を自由の身にしてあげることはできそうにない。──少なくとも、わたしと君の身体を分離させ、わたしがもとの身体に戻るまでは」

尊大な調子で、しかしどこか申し訳なさそうに、彩禍が言う。

無色は小さく首を振った。

「約束したんです。未来の彩禍さんと。この世界を、きっと救ってみせるって。──もしもここでお役御免なんて言われたら怒りますよ」

「無色──」

迷いのない無色の返事に、彩禍は一瞬驚いたような顔をしたが、すぐに思い直すように目を伏せ、首を横に振る。

「ああ……そうだったね。君はそういう人間だった。まったく――もう少し自分というものを大切にしたらどうかな？」

言葉とは裏腹に、どこか楽しげにそう言って、彩禍は目を開いた。

そして、無色の目を見据え、続けてくる。

「――ならば、命じよう。玖珂《くが》無色」

「はい」

「君はわたしの半身となって、その身分かつ時まで、世界を救い続けろ」

「えっ、いやです」

「…………」

さらりと返した無色に、彩禍が汗を滲《にじ》ませる。

「……今のは受ける流れじゃない？」

「その身分かつ時まで、が余計です」

無色が言うと、彩禍は「……ほう？」と眉を揺らした。

「なるほど。そこまで腹が決まっているのなら、これ以上の配慮は侮辱になるかな」

言って彩禍は、再度無色の目を見つめ、手を差し出した。

「──君の全てをわたしに捧《ささ》げろ。わたしとともに、世界を救え」

「喜んで」

無色は迷いなくそう答えると、彩禍の手を取った。

「代わりといってはなんですが、もしも世界の危機が去ったなら、そして、俺と彩禍さんの身体を分離することができたなら、一つだけ、お願いがあります」

「ほう、なんだい。言ってごらん」

彩禍が興味深そうに目を細めながら問うてくる。

無色はそれを真っ直《す》ぐ見返しながら言葉を続けた。

「──彩禍さんにプロポーズする権利をください」

無色の言葉に。

「……何を言うかと思えば」

彩禍は目を丸くしたのち、ふっと微笑みを浮かべた。

「──いいだろう。楽しみにしているよ」

あとがき

はじめまして。もしくはまたお会いできて光栄です。橘公司《たちばなこうし》です。

新作『王様《おうさま》のプロポーズ　極彩《ごくさい》の魔女《まじょ》』をお送りいたしました。新シリーズというのはいつになってもドキドキするものですね。お楽しみいただけたなら幸いです。

デートの次はプロポーズだ！　……というわけではないのですが、様々な経緯《へ》を経てこういうタイトルになりました。たぶん次の新作は『両親への挨拶《あいさつ》』とかになると思います。

本作は一昨年《おととし》くらいから構想していたお話なのですが、企画初期から担当氏と、「新作をやる以上、大筋は王道でも、何か一つ変わった要素を入れたいね」と話しておりました。

結果、主人公とヒロインが合体しました。

あと書いてるうちに主人公がちょっと変わったやつになりました。

妹もちょっとだけ変わってるかもしれません。

一つって言ったじゃないですか！

さて今回も、多くの方々のご尽力によって本を出すことができました。

本作のイラストは、前作『デート・ア・ライブ』に引き続き、つなこさんに描いていただいております。今回も素晴らしいイラストです。彩禍《さいか》様があまりにお美しい。

さらにそれだけではなく、デザインも『デート』に引き続き、草野剛《くさのつよし》さんにお願いしました。ソリッドでスタイリッシュなデザインが今回も光っております。

もちろん担当氏も続投であるため、実は『デート』チーム再結集の一作だったりします。まあそもそもまだ解散してないんですけども、そこはこう、雰囲気というか。

他にも、編集部の方々、営業、出版、流通、販売に関わった全ての方々、そしてこの本を手にとってくださったあなたに、心よりの感謝を。


表紙をご覧になればわかると思いますが、燦然《さんぜん》と「1」の数字が輝いております。これは絶対2巻出ないと駄目なやつですね。「このデザインで2巻出せなかったら謎のセンターラインになりませんか……?」と担当氏に恐る恐る相談していたのは内緒です。

というわけで、次は『王様のプロポーズ』2巻でお会いできれば幸いです。

二〇二一年八月　橘　公司

富士見ファンタジア文庫

王様《おうさま》のプロポーズ
極彩《ごくさい》の魔女《まじょ》

令和3年9月20日　初版発行
令和5年12月25日　10版発行

著者——橘《たちばな》　公司《こうし》

発行者——山下直久
発　行——株式会社KADOKAWA
〒102-8177
東京都千代田区富士見2-13-3
0570-002-301（ナビダイヤル）
印刷所——株式会社KADOKAWA
製本所——株式会社KADOKAWA
本書の無断複製（コピー、スキャン、デジタル化等）並びに無断複製物の譲渡および配信は、著作権法上での例外を除き禁じられています。また、本書を代行業者等の第三者に依頼して複製する行為は、たとえ個人や家庭内での利用であっても一切認められておりません。

※定価はカバーに表示してあります。
●お問い合わせ
https://www.kadokawa.co.jp/（「お問い合わせ」へお進みください）
※内容によっては、お答えできない場合があります。
※サポートは日本国内のみとさせていただきます。
※Japanese text only

ISBN978-4-04-074075-1 C0193 ◆◇◇

©Koushi Tachibana, Tsunako 2021
Printed in Japan

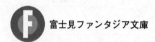

切り拓け！キミだけの王道
ファンタジア大賞
原稿募集中！
賞金
《大賞》300万円
《金賞》50万円
《銀賞》30万円
選考委員
細音啓 「キミと僕の最後の戦場、あるいは世界が始まる聖戦」
橘公司 「デート・ア・ライブ」
羊太郎 「ロクでなし魔術講師と禁忌教典《アカシックレコード》」
ファンタジア文庫編集長
前期締切 8月末日
後期締切 2月末日
公式サイトはこちら！ https://www.fantasiataisho.com/
イラスト／つなこ、猫鍋蒼、三嶋くろね